アヤト
薬師ギルドの長。
セレスティーナの
師匠でもある。
性別は男。
ジークフリード
現国王で、たまに冒険者。
セレスを手に入れたいと
思っている。
セレスティーナ
侯爵家の次女として生まれた少女。
薬師としてスローライフを楽しむ。

ユーフェミア
花街で店を営んでいる美女。
アヤトと複雑な関係を持っている。
パメラ
吉兆楼で働く女性。
ユーフェミアとは
腐れ縁。
ディーン
セレスの実の弟。
頭はキレるが
重度のシスコン。

リヒト
アヤトの実弟。
エルローズに対して
色々こじらせている。
マリウス
各国で商売をする商人。
ジークフリードに
忠誠を誓っている同級生。
エルローズ
公爵令嬢で華やかな美女。
リヒトが好きだが
素直になれない。

「元気そうで何よりだよ、セレス」
ユーフェミアに続いて部屋に入って来たジークフリードを見てセレスは驚いた表情をした。
レイナ
花街の専属医者。アヤトやジークの先輩でもある。

侯爵家の次女は姿を隠す
2
家族に忘れられた元令嬢は、
薬師となってスローライフを
謳歌する
［著］中村 猫
［ill.］コユコム

Contents

Marquise's daughter becomes a pharmacist and lives the slow life

序章

その香水は、偶然の出会いから生まれた。

毒草の知識を追い求めていた異端の薬師と、大国に囲まれた小さな母国を守りたかった国王。

二人が出会ったのは月の女神を奉《まつ》る神殿だった。

ひたすら毒草を追い求める薬師を気に入った王は、彼を自分の国へと招いた。

そして大国の軍事力に対抗するため、彼《か》の王は薬師に命じた。

「この国を守るための毒薬を作れ」

異端の薬師は、その命に対して一つの提案をした。

「殺すための毒薬を作ることは容易《たやす》い。それよりも各国の中枢の人間たちを操るような薬を作り、内側から崩壊させた方が面白い。大国の王侯貴族が貴方《あなた》の前に跪《ひざまず》く様を見たくはないか？」

薬師の提案は王の心を十分に揺さぶった。いつもこちらを見下している大国の王たちが己に跪く様なんて、見たいに決まっている。

王は薬師に好きなだけ研究するように命じた。

王にとって誤算だったのは、薬師が研究の過程で生み出した様々な効果を持つ薬を密《ひそ》かに闇のルートに流していたことだった。

その薬の内の一つが、大国の王の逆鱗《げきりん》に触れた。

大国に攻め込まれあっという間に王都が陥落し、小国の王と異端の薬師は捕まった。

「お前たちが作って密かに流した薬のせいで、俺の大切な人が傷ついたんだよ。おかげで傍《そば》にいられなくなった」

そう言って大国の王は二人を処刑した。

王は薬師が流した薬を出来るだけ回収はしたのだが、いくつかの薬はその作り方ごと闇の中に消えて行った。

第一章　次女、王都に帰還する

「お姉様、ただいま帰りました」

セレスとリドは、王都に帰って来ると真っ先に薬師ギルドへと向かった。

旅の疲れなど感じさせないくらい明るい足取りで帰ってきた弟子にアヤトは優しく微笑《ほほえ》みかけた。

リドが一緒に行っていたし、護衛も万全の態勢を取っていたのでそれほど危険はないと思ってはいたのだが、こうして無事な姿を確認すると安心する。

「お帰りなさい、セレスちゃん。リドも護衛してくれてありがとう」

セレスがティターニア公爵家の領地に行ってくれたおかげで、こちらも大掃除が出来て大変助かった。

ちょっと目を離すと緩んでろくでもないことを考える人間は湧いて出てくるものだとつくづく思う。定期的に掃除をしておかないとこうして大掃除をするはめになるので、これからは定期的にお掃除をしようということでリヒトと意見が一致した。

ただリヒトには、兄の手腕は信じているが、どこら辺まで掃除するのかは事前に教えておいてくれないと後で困ると言われて少しだけ説教をされた。色々仕込んでいるうちに、ふと思いつきで釣れたら儲《もう》け、くらいで仕込んだものにまでばっちり引っかかってくれた者たちがいたらしい。知らない罠《わな》まで仕込むなと怒られた。

まあ、そのおかげでセレスとリドがのんびり旅を出来たようで良かった。

目の前の少女は『ウィンダリアの雪月花《せつげつか》』。ティターニア公爵家が守るべき月の聖女。

でも、ちょっとエサにしてしまったので、月の女神の神殿にはお詫《わ》びを兼ねて多めに寄付をしてきた。女神様の愛娘《まなむすめ》を守るためなのでお許し願いたい。

「それで、どうだった？　幻月《げんげつ》の花《はな》は？　先に知らせは貰《もら》っているけれど、実際の感想を聞きたいわ」

セレスが見たいと言っていたのは幻月の花。確かに前々からおとぎ話のような怪しい謂《いわ》れがある花だということは認識していたが、幻覚を見た者たちもどうしてそうなったのかが分からず、今まで放置していた。

「一応、責任者の方には説明してきましたが……」

セレスとジークフリードは、自分たちが体験したことをアヤトに説明した。

「……ふぅん。じゃあ、すごく特殊な条件が揃《そろ》わない限り危険は無いという認識でいいのね？」

「はい。ただ、今回は野外でしたが、室内だと規定量を超える可能性もあると思うので、出来れば注意喚起だけはしておいた方がいいかと思います」

「そうね。薬師ギルドから通達を出すわ。幻月の花を扱う時には換気をするようにって。それから野生の幻月の花を見かけたら風の無い日は傍《そば》に近寄らないように。まあ、これくらいの注意でいいでしょう。基本的に死者の幻が見えるだけで、害はないんでしょう？」

「ああ、ただそこに佇《たたず》んでいただけだ」

実際に死者の幻を見たのはジークフリードの方だ。危険が無いというのなら軽い注意くらいでいいだろう。死者に出会えるほど長時間、幻月の花の中にいなければいいだけの話だ。ただ、その成分を抽出して幻覚剤を作られると厄介なので、一つの花からどれくらいの量の幻覚作用成分が取れるかの実験はギルド内で行っておいた方がいいだろう。新しい薬の実験に狂喜乱舞する薬師たちの姿が目に浮かぶようだ。そんなんだから薬師ギルドは危ない集団だと思われているのだ。

「そう。幻覚作用についてはこちらでも調べておくわ。ところでセレスちゃん、その髪色、どうしたの？」

出発した時は黒髪だったのに、帰ってきた彼女はなぜか銀色の髪に戻っていた。

最近の王都では、薬師ギルドの暗躍のおかげでカラフルな髪の色をしている若者が多く、銀色の髪の毛の女性も多い。彼女たちとセレスとの違いは、天然物であるかどうかだ。

天然物の銀髪なんて『ウィンダリアの雪月花』しか存在しない。

自分もジークフリードもセレスの秘密は知っているが、セレスにジークフリードが知っていることを教えたことはない。それでもその髪色で旅をして来たということは、どういうことなのだろう。

自分から教えたのだろうか、それともジークフリードが聞いてきたのか。

「白い鹿に温泉に突き落とされました」

セレスの答えは予想外というか、予想のはるか斜め上をいっていた。

「意味が分からないわよ。リド、どういうことなの？」

セレスの言葉が全く理解不能なので、ここは事情を知っているであろう同行者に説明を求めた。

「セレスが言った通りだ。白い鹿がどうやらセレスの髪色か、もしくは匂いが気に入らなかったらしくてな。わざわざ俺たちを温泉まで案内してセレスだけ温泉に突き落としたんだ」

事情を知る同行者だからと言って意味が分かる言葉を言うものではないらしい。ジークフリードの言葉は、ただセレスの言葉にちょっとだけ付け足されただけのものだった。

「冗談？」

「まさか。すべて事実だ」

「だとしたらその白い鹿って何なのよ」

「さあな。昔から白い動物は神の御使《みつか》いだと言うだろう？　恐らくあの鹿も神の御使いだ。女神様に忠実な鹿なんだろうよ。なぜか俺が警戒されていたがな」

ジークフリードが女神様と言ったので、何となく事情は呑《の》み込めた。

月の女神セレーネ様は、愛娘が髪の色を隠して生きているのがお気に召さなかったようだ。強制的に元の色に戻すためにわざわざ御使いを送ったのだろう。女神様の考えは分からないが、王都にもっと銀色の染め粉を流行《はや》らせろ、と言われている気がする。

それに白い鹿がジークフリードを警戒したのは当然だ。女神様の娘である最初の月の聖女にまつわる話に出てくる王様は、ジークフリードのご先祖様だ。御使い的に子孫は完全に不審者扱いして良いとでも思っているのだろう。

「どうしてジークさんが警戒されてたんでしょうね？」

元の銀の髪色に戻ったセレスの疑問にアヤトは「あー、何でだろうねぇ」と濁した感じで言った。セレスにジークフリードの先祖の話をしたらさすがに素性がバレる。

誤魔化しつつ、セレスがジークフリードのことを変な呼び方をしていたことに気がした。

「……まぁ何にせよ、ご苦労様、セレスちゃん。今日はもう帰っていいわよ。温泉に入ってきたとはいえ、旅の疲れは溜《た》まっているはずよ。明日もお休みでいいから、少し家でゆっくりしてちょうだい。ディくんも心配していたからきっと明日は突撃してくるわよ」

くすくす笑うアヤトに、確かにディーンなら突撃してくるかも、と思ってセレスは苦笑した。

心配性な弟は、同じく心配性な屋敷の人間に送り出されてきっと来るだろう。

「はい、お姉様。今日はこれで帰ります。ジークさんもありがとうございました。私に付き合わせてしまって……予定とか家のお仕事とかは大丈夫でしたか？」

「大丈夫だよ。うちには優秀で仕事中毒な部下たちがいてくれるから。俺が帰ったら交代で休暇でもあげるさ」

ジークフリードの言葉にアヤトがおや？　というような感じの顔をした。

どう頑張っても貴族、とは紹介したが、家のことまで話をしたのだろうか、でもそれにしてはセレスの反応もそこまでではない感じだし……。先日、ワインを持って十年前のことを吐けー、と不機嫌な顔で来た後輩君もセレスにジークフリードの身分を明かした、とは言っていなかったし。

というか、やっぱり「ジークさん」って呼んでる。いつの間に「リド」から「ジーク」呼びに変わったんだろう……？

あれ？　ひょっとして弟くんに紹介する前に、本当にセレスを落としにかかってる？　え？　でも、まだ問題だらけじゃない？

先ほどから疑問符だらけのアヤトの心の中を知る由もないジークフリードは、さすがに色々と問題だらけなのは理解しているので、セレスの前では最後まで良き保護者として振る舞おうとしているようだが、その瞳の奥には恋情がちょろちょろ見え隠れしている気がしてならない。

旅に出る前と今とでは、ジークフリードがセレスティーナを見る目が全然違っている。出発前は本当に父兄のような目で見ていたのに、帰って来たら父兄の目は行方不明になっている。これはきっと一生帰って来ないだろう。

そして、見事にセレスはそれに気が付いていない。過保護な保護者が増えたなぁ、くらいにしか思っていなそうだ。さすがに少しだけジークフリードが不憫《ふびん》に思えてきた。

アヤトがあまり見たことのないような甘ったるい笑顔でセレスを部屋から送り出すと、ジークフ

リードの顔からすぐにその表情は消えた。

「あらヤダ。見事な二重人格」

「お前相手にあそこまでの笑顔はいらん。ヨシュアは来たか？」

「来たわよ。知ってる限りのことは吐いたから、後で報告書でも読んで」

セレスがいなくなった瞬間に、部屋の中の温度が確実に下がった気がする。体感で五度くらいは冷えたんじゃないだろうか。ブリザードが襲ってこないだけマシなのかもしれない。

「なぜあの時、言わなかった？」

「まぁ、薬師ギルドの失態っていうのもあったんだけど、正直に言うと、追い切れなかったのよ」

「出所と作った人間を、か？」

「そうよ。裏で一気に売られてそれっきり消えたのよ。それ以来、一度も世に出てきていないわ」

「作った人間が死んだか」

「もしくは偶然の産物で出来たので二度と作れなかったか」

何かの薬を作ろうとしてどこかで間違えて偶然出来たという可能性も無いことは無いのだが、ジークフリードの兄に使われたことを考えるとその線は薄いと見ている。

意図的に使われていた以上、あの女にとっては気軽に手に入れられる薬だったはずだ。そうなると偶然の産物では無い。

かと言って製作者が死んだと考えるのも不自然すぎるのでちょっと違う気がしている。

「一つ聞くが、魅了の薬の作り方は厳重に管理されていたんだろうな」

「もちろんよ。うちには世に出せない薬のレシピがいくつかあるけれど、代々の長かそれに準ずる者しか見られないようになっているわ」

詳しくは話せないが、薬師ギルドでも歴代の長たちがヤバめの薬の回収は行っていた。完全に破棄してしまうともし同じ薬が世に出てきた時に困るので、回収された薬は分析され解毒剤を作れるようにしていたし、レシピしか存在しない薬は一度作って効果の確認をしてきた。だが闇のルートでは、大金さえ積めば手に入れることが出来る、薬師ギルドの把握していない薬はまだまだ存在している。

「まあいい。それで、薬師ギルドではどこまで追えたんだ？」

「一応、薬の素材を大量に仕入れた人間まで、ね。でもそれもけっこうバラバラで用途も違う薬や香水なんかに使っていたから、一概に魅了の薬のために仕入れたとは言えなかったのよね」

魅了の薬は、いくつもの素材とその配合の妙によって出来る。素材は普段薬師が普通に使用する植物などが多いので、それらを仕入れたからと言って魅了の薬を作るためのものとは言えない。

現に一緒に調べていた花街の婆《ばば》や当時の薬師ギルドの長の名前もあったし、当然、アヤトの名前もあった。

リストを見てもこいつが作っている、と断言出来る薬師はいなかった。

いたら十年前にとっくに捕まえている。該当者がいなかったから今も謎のままなのだ。

「こちらでも調べてみるが、もう一度、調べ直してくれ」

「了解したわ」

「それと、温泉でユーフェミア・ソレイルに会ったと言っていたけれど……元気そうだったかしら？」

「……そう。セレスちゃんが知り合ったとは言っていたけれど……元気そうだったかしら？」


懐かしさと悔恨が混ざったような複雑な表情のアヤトに、ジークフリードの方がため息をついた。

「こじらせているのはお前も同じじゃか。リヒトのことは笑えんな」

「一緒にしないでよ。あの子のこじらせはポンコツなだけよ。こっちは色々と複雑なのよ」

知っている。

当時、ユーフェミア・ソレイルとはあまりまともな会話をしたことはなかった。こっちが色々と動いている時に予想だにしない動きをして翻弄してきたので、一時期は本気であちら側の妨害者なのだと思っていたくらいだ。

終わってみれば彼女は彼女なりに被害者を減らそうとしていただけで、あちら側にもこちら側にも関係なく動いていただけだった。異母、とはいえ彼女があの女の姉でさえなければ、今頃はこの友人の隣にいたのかもしれない。

「ユーフェミア・ソレイルは調べるリストから外してかまわん。あの手の本能で動く人間は、何も知らなくても何故《なぜ》かこちらを振り回すだけだからな。まぁ、彼女が何も関わっていないのは十年前に調べ尽くしたから分かっていることでもある」

もし知らぬ間にでも何かに関わっていたのならば十年前に出てきたはずだが、当時、どれだけ調べても彼女が関わっている形跡は一切無かった。

ただ、ソレイル子爵家が罪を犯していたので家単位の罰のとばっちりを受けて花街に売られたはずだったのだが、まさか自分で自分を買い取っているとは思いもしなかった。

十年前にすでに吉祥楼《きっしょうろう》のオーナーだった事実を綺麗《きれい》に隠し通したのはすごい。素直に賞賛出来る。

「それで言ったらセレスちゃんも割と本能というか勘で動くタイプよ。貴方《あなた》を振り回すセレスちゃんを見られそうで、これから先の楽しみが増えたわ」

「……それは保護者の許可が下りたと考えていいのか?」

セレスの今現在、一番強力な保護者はアヤトだ。

「ふふ、そうかもね」

この時はからかい半分で言っていただけだったのだが、後に本当にセレスとユーフェミアの勘だけの行動に振り回されることになるとは、この時の二人は思ってもいなかった。

「……それで、本当にどうするのよ、リド?」

ソファーに座る男は嫌になるほど絵になる。その口元が楽しそうに笑っているのをアヤトは見逃さなかった。

「セレスはまだ未成年だが、成人前に婚約が決まるのはよくある話だ」

「口説く許可を出したとは言え、婚約なんてお姉さんはまだ許しませんよ。そもそも年齢差がありすぎるじゃない！」

「そうだな、長生き出来るようにしっかりと健康的な生活を送らなくてはな。あと、お前はお姉さんではなくおじさんだ」

「お姉さんよ！　それにそういう問題じゃないでしょう？……あなたは……」


リド、フルネームは『ジークフリード・フォルセティ』

この国の現国王で十年前、傾きかけた国を立て直した最大の立役者。


各国の王侯貴族や有力商人に、こぞって敵に回したくないと言わしめた国王だ。

はっきり言って、現段階でこの王に抜けられたら他国が揺さぶりをかけてくるだろうことは目に見えてわかっている。

「元々、俺は中継ぎの王だ。あの時、そういう約束をした。だからこそあいつらはあの時、手を引いたんだ」

「……今頃、すっごい後悔してるでしょうねぇ、あの時の貴族院の議長さん」

◆

十年前、当時の王太子が亡くなり、国王も後を追うように亡くなって混乱を極めつつあった。そんな中で急逝《きゅうきょ》第二王子であるジークフリードが王として即位したのだが、当時の貴族たちの反応は真っ二つに分かれた。

一つは王太子にはまだ幼いとはいえ息子がいたので、そちらに王位を継がせるべきだという意見。もう一つはこの混乱を幼い王では乗り切れない、ひとまずジークフリードに王位を継いでもらい、その後、王子が成人してから王位を交代してもらうべきだ、という意見だった。

前者は主に王太子妃の実家周辺からの意見が多く、後者はティターニア公爵家を中心とした貴族の意見だった。

ジークフリードは早期に混乱を治めるべく、王太子妃の実家であるノクス公爵家と取引をした。中継ぎの王として即位するが王妃はもたず、そのまま今の王太子妃を王妃の座に就けて、いずれその息子に王位を継がせる。退位したら国政に関わることは一切しない。期間は今より十五年以内。上の王子が成人し、ある程度、王としての仕事をこなせるようになればすぐにでも王位を交代する。

ジークフリードのその提案にノクス公爵は最初こそ考えるようなそぶりを見せたが、今のこの状況で強引に幼い王子に王位を継がせても、ノクス公爵家の傀儡《かいらい》王だと言われ他の貴族の反発を生むだけだと考えた公爵はそれを了承した。

それに混乱が酷《ひど》く他国からの介入もある今、下手を打って失敗すればたちまち公爵家自体の存続が危うくなる。

ならば一度、第二王子に王位を預けて様子を見るのも手だと考えたらしく、ジークフリードの王位継承は認めるが今の状況でノクス公爵家は手を貸せない、ただ、事態を見ていることしか出来ないと言い放った。

それを受けてジークフリードは立会人の貴族院議長に正式に文書で残すように手続きを済ませ、ノクス公爵を含む主立った貴族たちのサイン入りの正式な書類としてそれを残した。

その後のジークフリードの手腕がすごかった。

王に即位するとすぐさま、あの騒動に関わった貴族たちを処罰し、この国に手を伸ばそうとしていた他国の企《たくら》みをことごとく粉砕し、商人には飴《あめ》と鞭《むち》を上手に使って経済を発展させるように手を打った。

当然、アヤトもリヒトも手伝ったが、あの時期、まともに寝られていたのって何日くらいあったんだろうか、と思うほど働きまくった。

個人的なことを後回しにしたおかげでユーフェミアを逃したアヤトはものすごく後悔しまくったが、あの時は状況が本当に危なかったのだと未《いま》だに思う。

四大公爵家の内、ティターニア、オルドラン、それにジークフリードの母・王太后の実家であるシュレーデン家が手を貸してわずか四年ほどで国力を元の水準に戻した、どころか他国の介入する余地がないくらいに発展させることが出来た。

混乱する危機にこそ人はその真価を問われるというが、ジークフリードは国王として満点以上の成果を出したのだ。

ノクス公爵の誤算は、ティターニアとシュレーデンが手を貸すのはわかっていたが、オルドラン公爵家まで手を貸すとは思っていなかったことだ。

当時のオルドラン公爵はどちらかと言うと野心家で、ノクス公爵家側の人間だった。だが蓋を開けてみたらオルドラン公爵は急に代替わりをして、新たな公爵が新しい王に力を貸した。

どうせ失敗するから、その時に手を貸して恩を売りつければ良いというノクス公爵家側の思惑の全てを吹っ飛ばして、むしろ手を出せないほどの成果を見せた時にはすでに遅く、ノクス公爵家の入る余地はないほどだった。

当然ながら手を貸さなかったノクス公爵家の方が非難を浴びて国政の要職から一時期、一族の者がいなくなったほどだった。慌てて手を貸そうにもすでに遅く、頼みの綱である王妃は、実際にジークフリードと結婚したわけでもなく、その地位にある女性ではあるものの夫婦ではないという前代未聞のいびつな関係ゆえにジークフリードに影響を与える存在にはなり得なかった。

そこで改めて、その当時交わされた正式な文書が問題になったのだが、ジークフリードはそれについては一切取り合わなかった。

彼の口癖は「俺、中継ぎの王だし」だ。

まさか王太子とは年の離れた弟で、騎士になって兄を助けると言っていた第二王子がここまで優秀な為政者になるとは誰も思ってもいなかった議会は荒れに荒れて、その文書を正式に発行した議長の解任騒ぎにまで発展した。

「ジークフリード王である内は彼《か》の国には手出し出来ない」

手出ししない、ではなくて、手出し出来ない。そう各国に言われる王なので、なるべく長い期間、王として君臨していてもらいたいのにその期間は最大で王位継承から十五年間まで。しかもその後、国政に介入しないというおまけ付き。そのことは正式な文書を交わしているので、誰でも見たい放題の資料として残されている。

なので、今のジークフリードは、兄の遺《のこ》した義姉と甥《おい》っ子《こ》二人を引き取って養いつつ、実家の家業を継いで発展させた独身の叔父さんなのだ。

叔父さん、頑張ったしそろそろ約束の期日だから甥っ子に家業渡しても良いよね、その後は任せたよ、という実に気楽な身だ。

それもこれも兄が亡くなった時にそういう約束で引き継いだので、約束はきちんと守らないといけない。

まして今回は、王家と貴族の間で取り交わされた正式な約束なので破ることは出来ない。王家はきちんと約束を守らなければならない存在なのだ。そうでなくては信頼が崩れる。

「その貴族たちが、無かったことにしてくれって言ってるのにねぇ」

「最初にその条件を突きつけてきたのはあっちだ。今更なぜ俺が付き合ってやらねばならん」

十五年という期間に限定したからこそ、こちらも全力でやってきたのだ。

その後は今現在、後を継ぐために必死になってやっている優秀と評判の甥っ子の仕事だ。

元々王位を継ぐ気もなく、騎士になるための勉強しかしてこなかったジークフリードとは違い、初めから王となるべく育てられ、やや斜陽だが母の実家のノクス公爵家という後ろ盾もある甥っ子の方が恵まれていると言えば恵まれている。

それに今なら王の椅子にジークフリードが育てた部下がおまけで付いてくる。

皆、ある程度までは次代の王になっても残ると言ってくれているので、甥っ子がアホなことをしでかしそうになっても止めるか潰すかしてくれるだろう。

「退位した後はどうするの？」

「不本意だが、シュレーデン公爵家を継ぐことになった」

「あら、まぁ。そういえばあそこは息子さんご一家が亡くなってるから、血縁で言えば貴方が一番近いんだっけ」

母方の実家であるシュレーデン家の今の当主は、ジークフリードの祖父に当たる人物だ。祖父の後を継いでいた母の兄一家が事故で亡くなったため、再度当主となっていたのだが、さすがに年齢が年齢なのでジークフリードに話が回ってきた。

退位したら何かしらの爵位を、という話は出ていたので、どうせなら老い先短い祖父の爵位を引き継いでほしいと老公爵に泣きつかれた結果、不本意ながらシュレーデン公爵家を継ぐことになった。

老い先短いはずのじじいは、毎日元気に剣を振るって部下相手に打ち合いをしているらしい。

「名ばかりの爵位でのんびり過ごすはずだったんだが予定が狂った」

シュレーデン公爵家は四大公爵家の一角なので、名ばかりどころか広大な領地を持っている。当然、領地の運営や公爵家の事業も引き継いでいかなければならない。ちょっと治める土地が小さくなっただけでやることはそう変わらなそうだ。だが、それでも時間的余裕は出来るだろう。

「セレスちゃんのことはどうするのよ。さすがにシュレーデン公爵の妻ともなれば、素性は公表せざるを得ないわよ」

「セレスが月の聖女であることを公表する必要はない。ただ、ウィンダリア侯爵家の血を引いていることさえ公表しておけば問題はないだろう」

「大ありね。代々の王家の人間を虜《とりこ》にしてきたウィンダリア侯爵家の女性よ。当然、誰もが彼女は『ウィンダリアの雪月花』なのでは？って疑問に思うに決まっているでしょう」

王家の人間の『ウィンダリアの雪月花』に対する執着は有名だ。最近では、ジークフリードの祖父王が当時の聖女にひどく執着していたらしい。

セレスティーナ・ウィンダリアは、今は国王だがいずれ退位して先代の国王と呼ばれるジークフリードの妻になる（予定）。

しかもジークフリードの方が執着しているのだ。どれだけ鈍い貴族でもすぐにその女性が月の聖女なのだと気が付くに決まっている。

それにちょっと調べれば、今の第二王子であるルークが執着しているのもすぐに分かる。

王家の人間をそれほどまでに虜にするウィンダリア侯爵家の人間は、月の聖女と呼ばれる女性以外にいない。

あまりにも有名なその事実から、セレスのことなどすぐにバレるだろう。

そして同時に困惑もするだろう。

どれほど心を向けても王家の人間には振り向いてくれないのが月の聖女だ。それが一度は王と呼ばれた人間の妻になる。

もしや呪いとも言われているその執着心が解けるのでは、とざわつくのが目に見えている。

『ウィンダリアの雪月花』に対する執着心は、代々の聖女たちが王家の人間に心を許すことがなかったのが原因の一つなのでは、という見方もあった。もしここでジークフリードが月の聖女を娶《めと》ったとなれば、ようやくその呪いが解けたのだろうと噂《うわさ》になるに決まっている。

「ならリヒトとローズの養女にすればいい」

「余計に月の聖女ですって言ってるようなものじゃない」

あの二人の養子にしたら余計に目立つ。というか、今のところあの二人は結婚どころか仲が後退しているようにしか見えないから、ちょっと無理じゃないだろうか。

それにしても本当にこの友人は、可愛《かわい》い弟子を逃す気はないようだ。

友人としてジークフリードの幸せを願っているし、師匠として可愛い弟子の幸せを願ってもいる。

アヤトは大切な二人のためにならいくらでも力を貸す気はあるが、もしセレスが泣くような事態になったら、絶対にセレスの味方をしようと心に決めた。

◆

「お帰りなさい、姉様」

ガーデンに帰ると可愛い弟が笑顔で出迎えてくれた。

信頼出来るお兄さんとの旅も楽しかったが、こうして弟の顔を見るとほっとする。幼い頃から一緒にいる唯一の家族である大切な弟。ディーンは自他共に認めるシスコンだが、自分だってブラコンだ。

黙って家出した時はちょっと申し訳ないと思っていたが、きっと見つけ出してくれるとも思っていた。無条件で甘えられる相手がいるというのは、ものすごく貴重なことだと思う。

「ただいま、ディ。これ、お土産」

ディーンのお土産として買い求めた物は香水が入った小瓶だった。瓶自体も綺麗な細工がしてある物で、嗅がせてもらった時にディーンのイメージにあった香りがした。あまり強く香るタイプの物ではなくて、微《かす》かに香る程度の柑橘系《かんきつけい》をベースにした香水だった。

「へぇ、香水ですか。ああ、いい香りですね。明日からさっそく付けさせてもらいます」

「昔、王都で薬師をしていたという方の店で買ったんだけど、その方は花街にある薬屋で修行していたんですって。花街の近くで店を開くなら、香水の調合も覚えた方がいいって言われたわ」

セレスは今まで、薬や化粧水などに良い香りがしたらいいな、と思って香り付け程度にしか覚えていなかったので、本格的な香水の調合が薬師の仕事の一つだとは思ってもいなかった。

異世界では調香師という職業があったが、こちらの世界では調香師の仕事も薬師の仕事の一つとして考えられていた。理由としては、幻月の花のように匂いで幻覚作用を引き起こしたり、良い匂いなのだが薬草なので薬師しか取引出来ないという植物があるためだ。

それにアロマテラピーのように香りで精神をリラックスさせたり、気分によって香水を替えたりと精神的な薬の一つと見なされる場合があるため、香水を調合するのも薬師の仕事になったらしい。

ただし、香水に月の水は使わないので、主に弟子になったばかりの見習い中の薬師がやる仕事なのだそうだ。

セレスが香水作りをしてこなかったのは、ちょうどアヤトの弟子になった頃、ポーションなどの薬不足に陥っており、薬師ギルドが総力を挙げてポーションと各種薬作りをしていたためだった。

そして、月の魔力に左右されない貴重な女性薬師としてセレスもせっせと薬作りに励んだ。

弟子になったばかりの初心者に何を作らせるの？　とは思ったが、近くにいる者は国王でも扱《こ》き使え、という信念を持っていた当時のアヤトは、セレスに薬の作り方を教えて品質に問題がないとわかるとすぐに大量生産を命じた。

薬師ギルドのあちらこちらで似たような光景が見られたので、あの時見習いだった薬師たちが集まると今でも当時の思い出話の一つとして語られることが多い。

その時期に入った見習いたちは、香水作りからスタートするという過程をすっとばして薬作りからスタートした。その後も薬不足が解消されるまでひたすら薬を作っていたので、気が付いた時にはもう次の見習いが弟子になっており、香水作りはそちらが行っていた。なのでセレスの同期は誰も香水作りをしていないのだ。そしてそのことを師匠たちもすっかり忘れているようだった。

「え……知らなかったんですか？　香水作りが薬師の仕事だってこと……」

「私の同期は誰も知らないと思う……」

一般的に香水を作るのが薬師の仕事だと認識されていても、セレスは今まで知らなかった。

セレスはアヤトの唯一の弟子なのだが、基本アヤトは弟子をとらないので誰かが新しく入ってくることもなかった。なので、新しく入ってきた見習いが香水を作っているという場面を見たこともない。

ひょっとしたら誰かの弟子が薬師ギルドの調剤室で作っていたのかもしれないが、そういう匂いの薬なのだと思っていた。

セレスと同時期の見習い薬師たちは、師匠たちに容赦なく扱き使われたせいか他の見習い薬師たちより早く薬師として独立している者も多い。天才集団、というよりは身体《からだ》に覚え込まされた体育会系集団だった。最終的には、半分意識を失いながらも手だけはしっかり動いたのも思い出の一つになっている。

「……何というか……薬師なのに若干、軍隊のノリが感じられます」

「うん」

それでもセレスは、まだマシな方だった。

「こんな子供にまで残業させるんじゃねぇーよ！」

同期、といっても大体の人がセレスよりは十歳くらい年上で、自分たちだってまだまだ子供扱いされる年齢の見習いたちが師匠軍団にそう言って詰め寄っていた。それに執事が毎日笑顔で迎えに来ていたので、セレスだけは定時でギルドから帰っていた。

そして次の日、ギルドに行くと同期や先輩たち、それに師匠軍団があちこちの床で寝ていたので一人一人丁寧に起こしていくのがセレスの朝の日課だった。

「これが、ゾンビ……!!」

「違うから。一応、全員、生きてるから」

起こすと全員無言でのそりと起き上がり、ぞろぞろと疲れ切った身体で手をぶらんとさせながら歩いていく姿を見て素直な感想を言うと、どれほど明け方まで仕事をしていても朝からきっちりした姿で現れたアヤトに訂正された。

そんなこんなでセレスを含むあの時の見習い薬師たちは、誰一人として香水作りに関わったことがなかった。最近もたまに会うが、薬の話はしても香水の話はしたことがない。

「つまり、他の薬師たちには常識でも姉様の同期たちの間では常識ではなかった、と」

「多分そう」

あの時みたいに極端な薬不足というわけではないが、万年薬不足だと嘆いている薬師ギルドが薬が作れるようになった見習いたちに香水の仕事を振るわけもなく、薬不足がある程度解消された後もただひたすら薬作りの方に回されていた。

師匠や先輩たちが調合の難しい薬を作り、簡単な調合ですむ薬はセレスたち見習い（？）が作り、香水作りを含めたその他の仕事をさらにその下の見習いが作る、そんな役割分担がいつの間にか出来上がって乗り切った日々だった。自分たちのことで精一杯で、入ったばかりの見習いたちが何を作っているのかなんて気にしたこともなかった。

「せっかくだから香水作りを基本からきちんと習いたいと思ってるの。希望者を募ってお姉様に直《じか》談判《だんぱん》しようと思ってるわ」

うっかり教え忘れた師匠たちが悪いので、この際協力してもらおう。

同期たちも「今更習うのかよ？」などと言う人間はいない。どんな知識であろうとも貪欲に知りたいと思う人たちばかりなので、むしろ一緒になって「教えろ」コールをするノリの良さを見せてくれるだろう。

「……姉様、姉様の同期の方々って……」

「絆《きずな》が深いのよ」

セレスはそっとディーンから目を離してそう答えた。

「まぁ、そういうことにしておきます」

「そうね」

どこの世代にも必ずそんな集団がいるものだ。

セレスと同期たちの間には、あの怒濤《どとう》の日々を一緒にくぐり抜けたせいか、妙な連帯感が生まれているのは間違いなかった。

その後も弟と旅の話で盛り上がり、持ち帰った幻月の花を庭に植えたりしていたら時間はあっという間に過ぎて、気が付いたらもう夕飯の時間になっていた。

本日の夕食はディーンが侯爵家から持って来てくれた、料理長特製のシチューやセレスの好きだった木の実入りのパンだった。

「料理長が旅行先の食事で美味《おい》しかった物があったら、ぜひ教えてほしいと言っていましたよ」

ウィンダリア侯爵家の料理長は幼い頃、セレスが一生懸命説明した異世界の料理を何とか再現出来ないものかと色々と試してくれた人だった。

成功した物もあれば失敗した物もあるのだが、基本的に成功した料理でもセレスとディーン、それに自分たちの賄いとして使用人の食卓に並んでいたので、ウィンダリア侯爵の食事や他の貴族が来た時の食事として提供したことはない。

いつか侯爵家を辞めたら、セレスが教えた料理に特化した食堂を開くのが夢なのだそうだ。それまでは、自分たちだけで楽しんでいる。

「うーん、今回はあんまりなかったかな……あ、でも香水で使う花の中には食べられる物もあるそうだから、今度ちょっと調べておくね」

「食べられる花ですか？」

「うん。味は美味しくないらしいから普通は食べないんだって。綺麗な花だから基本は飾りとして使うらしいよ。でも味付けなら創意工夫で何とか……！　料理長の腕で何とかしてくれると信じてる」

基本的に料理長の腕任せになるので、無茶は言えない。一応、教えた身としてセレスも手伝おうと思ったのだが、何せ背も小さければ腕もまだまだ短いお子様だったセレスが調理場をうろついていたら危ないと言われて手伝いは禁止された。

あーでもないこーでもないと口を出して試食だけしていれば良いという楽なポジションで、異世界の料理を堪能する日々だった。

おかげでこちらでは見たこともないようなふわっふわのパンケーキを料理長は作れるようになり、それはセレスのお気に入りとして今でもたまに届けられる。

「私、料理長がいなかったら美味しいご飯が食べられないって嘆くかも……」

「それは僕も同じです。たまに父たちと食事を共にしますが、いつもの食事がいいな、と思いながら食べています。そんな時は、夜食で届けられるサンドイッチとかがものすごく美味しいです」

ディーンもすっかり異世界料理の虜になっている。

別にこちらの料理が不味《まず》いとかいうのではなくて、単純にこちらにはない発想の料理ばかりなので、今のところは侯爵家の賄いでしか食べられない貴重な料理なのだ。

普段ディーンは食事を部屋まで運んで来てもらい一人で食べているか、こっそり使用人に交じって食べている。どうしてもと言われれば両親や姉と一緒に食事をするが、一緒に食べていて楽しい人たちではないので食事くらい好きなように食べている。両親も基本、長姉がいれば問題ないので特に文句を言われることもない。

「いつか食事後に使えるような匂い消しの香水も作れたらいいな。ほら、食べるとどうしても匂いが残ってしまう物もあるから……」

美味しいけれど匂いが気になる、という料理は多い。そういった料理で食べた後に匂いをすぐに消せるような香水を作りたい。食欲をそそるような匂いの料理はどうしても食事後も匂いが残ってしまうので、お年頃の女子としてはどうにかしたいところだ。異世界の知識の中にある食べる匂い消しのような物を作ってみたい。

「そうですねぇ。砂漠の国の料理を一度食べたことがあるのですが、あの独特の匂いはしばらくとれなかったです。服から匂うとかじゃなくて、純粋に自分のお腹《なか》の奥底から匂ってくるというか、何というか……」

「うん、分かる。息をするたびに自分の中から匂うのは嫌だよね」

「それです。でも料理としては純粋に美味しかったのでまた食べてみたいですし、姉様と一緒に砂漠に行ってもみたいです」

「私も行ってみたいな」

この国には砂漠はないので、一番近くにある砂漠でも隣国の南の方に行かなくてはいけない。文化も料理も何もかもが違う場所なので、さすがに姉弟二人で行くことは出来ないだろうがいつかは行ってみたい。

「きっとジークさんも一緒に行ってくれると思うわ」

「……ジーク、さん？　姉様、どなたですか？」

にこにこと笑顔でセレスと会話していたディーンの顔が「ジーク」という名前が出た瞬間にちょこっとだけ止まった気がした。今は動いているのできっと気のせいだろう。

「お姉様から聞いていない？　ジークフリードさんは、お姉様の学生時代からのお友達で高ランクの冒険者の方なの。今回も一緒に幻月の花を見に行って下さった方なのだけれど、とても良い方なのよ。それに美形っていう言葉が似合う方だから見ていて楽しかったわ」

ディーンも信頼しているアヤトのお友達だから大丈夫だよ、という意味を込めて説明したのだが、弟の顔がやっぱり止まっている。

「……ディ？　どうかしたの……？」

意味が分からずきょとんとしてしまったセレスとは違い、姉のその説明にもなっていない説明でアヤトのお友達のジークフリードさんの正体を察してしまった弟は、心の中で盛大に薬師ギルドの長を罵った。


なぜ、よりにもよって姉様にあの方を紹介してくれやがったんだ。


ディーンはもちろんアヤトがティターニア公爵家の嫡男で、本来なら公爵の地位を継ぐはずの人だったのを知っている。そんな彼とそのお友達による学生時代のあれやこれやの事件は、今でも学園で語り草になっているほどだ。

アヤトとその学生時代からの友人というジークフリードさんというのは、間違いなく現在の国王であるジークフリード陛下のことだろう。

確かに、自分が言った姉の結婚相手の条件には当てはまる。

四大公爵家の本家の血を継いでいて、『ウィンダリアの雪月花』である姉を守れるほどの権力を持った人物。

王族の執着心から姉を守ってくれる、というか本人が王家そのもののような存在の人だけれど。

姉は恋心こそまだ持ってはいないようだが、師匠の友人ということもあってか信頼は持ったようだ。

第二王子の執着心からも守ってくれるだろう。今の王家の特殊事情は知っているので、国王陛下が独身だということも重々承知している。

「……姉様。姉様はそのジークフリードさんという方をどう思いましたか？」

「えっと…………お兄様がいたらこんな感じ、かな？」

姉様が簡単に落ちると思うなよ。

恋心とはまだまだ無縁そうなセレスの答えを聞いて、ディーンはちょっとだけ喜びを隠しきれなかった。

第二章　次女と香水

旅から帰ってきてから数日後、セレスとその同期の薬師仲間たちはギルド長に直談判《じかだんぱん》をして、見事にギルド長直々の香水作り教室の開催にこぎ着けた。

当日、ぞろぞろと若手の有望株たちが香水作りの道具を持って調合室に入ってきたのを見て、そこで香水を作っていた見習いたちが不思議そうな顔をしていた。

自分たちは飽きるほど香水を作っていて、何なら早くそこから卒業して薬作りをしたいというのに、先輩たちがそれはそれは嬉《うれ》しそうに香水作りの道具を丁寧に並べていっている。

何をやってるんだろう？　という疑問を持ってしばらく見ていたら、ギルド長がやってきて香水作りの基本講座が始まったのだ。

え？　今更習ってんの？　あの人たちにはもう要らないのでは……？　などと思って講座を聞いていたのだが、受講している先輩たちもギルド長もものすごく真剣な表情をしていた。

午前中が座学で、午後から実践で香水を作っていったのだが、香水なんて匂いの素《もと》になる花や草を液体に混ぜて作るだけ、と思っていた見習いたちとは違い、彼らは次々に「あれ入れてみようぜ」とか「こっちの薬草、この間この液体に入れたらすっごい匂いがしたんだよ」とか言いながら、今まで入れたことのない薬草や匂いのある花や草を次々に投入して、二度と再現出来ないのでは……？　と思うような香水を次々に完成させていった。

ギルド長も交じって真剣に香水作りをしていた先輩たちを見て、今までいい加減な気持ちで作っていた自分たちに恥じ入るばかりだった。

それから見習いたちは真剣に香水作りに励むようになったのだが、師匠の一人があまりの変わりように理由を問いただした。

「この間のギルド長主催の香水作り教室で、先輩たちがものすごく真剣に作っていたんです。薬じゃないから、と思っていたんですが、先輩たちが作っている様子を見て、香水作りも立派な薬師の仕事なのだと認識を改めました。先輩たちをぜひ見習いたいと思います！」

「そうか。見習うのはその真剣な態度だけにしておけよ。間違っても他のことは真似《まね》するなよ」

「⁇　は、はぁ、他のこと、ですか」

「ああ」

色々と面倒事を起こすのは、あいつらだけで十分だ。

薬に関する知識とそれを求める貪欲さは見習ってほしいが、トラブルまではいらないというのが師匠軍団の総意だった。

◆

「あ、やっぱりこっちで正解だった」

香水作り教室からしばらくの間、セレスはひたすら家で香水作りをしていた。

急ぎの薬や切羽詰まった納期もないので、毎日いかにして良い香りを引き出すか試行錯誤の日々だった。

おかげでセレスが身につけるには大人っぽい香りの香水や、ちょっとエキゾチックな香りのする香水などいくつかの試作品が出来たので、今日はユーフェミアに試食ならぬ試香をしてもらうことになっている。

今作っているのは、幻月《げんげつ》の花《はな》の香水だった。大量に匂いを嗅ぐと死者が見えてしまうが、花粉をきちんと取って花びらから香水を作るくらいなら全く問題はない。

問題なのは、一つ一つの匂いが薄すぎてなかなか精油が作れないことだった。村では花は必要ないので、自然に生えていた幻月の花と村から貰《もら》った花を使って精油を作ろうと思ったのだが、他の草花と違い精油作りに一番手間暇がかかった。

基本的に群生している花なので、外では自然に香る匂いが爽やかな感じがして良かったのだが、潰した時には少しむせるくらい強い匂いを放った。

だが精油にしようと思ったら今度は匂いが少し甘い感じに変化して、しかも薄いので何というか中途半端な匂いになった。

一回では匂いがほとんど出なかったので、どうしたものかと試行錯誤した結果、幻月の花は一度

乾燥させた後、水に入れておくとその水を吸って元の瑞々《みずみず》しさを取り戻すという謎の特性を発見した。

そこで作った精油をポーションに混ぜて幻月の花専用の精油ポーションを作り、そこに乾燥させた幻月の花を一晩入れて精油ポーションを吸わせて、その花からまた精油を作って、というのを十回ほど繰り返して、ようやく幻月の花の匂いがしっかりと入った精油が出来上がった。それを調香して幻月の花がベースの香水がいくつか出来たので、花街のお姉さんたちにちょっとお試ししてもらおうと思っているところだ。

「姉様、そろそろ出かける時間ですよ」

ひょいっと顔を出したのは、本日学園がお休みになったというディーンだった。休みの度にディーンはセレスのいる『ガーデン』に入り浸っている。

一度、家の方は大丈夫なのか聞いてみたところ、相も変わらず両親の関心は長女にしかないので問題ないとのことだった。自分も家出した身なのだが、ディーンも両親や姉のことは放置、というか家族としては見ていない気がする。

今日はセレスが花街にある吉祥楼《きっしょうろう》まで香水や薬を持って行くというので、一緒に行って挨拶をしたいのだそうだ。

「ここ数日ですごい匂いになりましたね。ちゃんと換気をしてくださいね」

容赦なく窓を全開にして空気の入れ換えを行っている姿を見ると、どっちが年上なのかわからなくなるが、一応、こちらが年上のお姉さん、のはずだ。

「ソレ、何ですか？」

ディーンがセレスが手に持っている小瓶に興味を持ったのか中身を聞いてきたので、セレスは少しだけ左の手首に香水を垂らした。

「幻月の花を使った香水。でも、どちらかというと大人の女性向きな気がするわ」

花の香りに混じって少しねっとりした感じの匂いが纏《まと》わり付く。

幻月の精油は、混ぜるものによっては完全に匂いが消える場合がある。匂いを消さないように色々な物で試したうちの一つなのだが、これは花の香りの中にどろっとした感じを受けるので、昼間向きの匂いではないかな、夜向きかな、と思った香水の一つだった。

ディーンはセレスの手を取ってその匂いを嗅いだ。

「……？　昔、どこかで似たような匂いの香水を嗅いだことがある気がします。ただ、ちょっと嫌な感じの匂いだったかな、というような記憶があるのですが……」

「これと似たような匂い？　でも、幻月の花の香水は売ってないはずなんだけど……。ディが嫌いならすぐに落とすね」

「あ、いいえ、姉様。この匂いは別に大丈夫です。似たようなものですが、もっとねちっこくてどろっとした感じで纏わり付いて……執念、というかそういったものを匂いにしたらこうなるんだろうな、という感じです……すみません、多分、あまり記憶にもないくらいの幼い頃だと思います。

ただ、匂いの感想だけ覚えてるって感じなので、気にしないでください。僕としては、姉様にはこの香水は似合わないかな、と思います。姉様はもう少し控えめな華やかさと静かな感じの匂いがする香水がいいと思います」

「さすがに自分でもこの香水は似合わないとは思ってるよ。こういう香水は、華やかな人が身につければ匂いに負けないと思うけど……私だと匂いに負けちゃう」

セレスは自分の左の手首の匂いを嗅いだ。この幻月の花の香水を作る時に頭の中に思い浮かべたのは、エルローズやユーフェミアなどその場にいるだけで華やかな雰囲気を持つ人ばかりだった。あと、アヤトとか。

でも実際に作ってみたら、もっと感情が深い人が付けるような香水が出来上がった。なかなかイメージ通りの香水を作り出すのは難しい。

「さ、姉様、そろそろ仕度なさってください。約束に遅れてしまいますよ」

「そうね。少し待っててくれる？　この匂いも落としてくるから」

調剤室から出かける準備のために出て行ったセレスを見送ってから、ディーンはさきほど嗅いだ香水のことを思い出した。

「付けていたとしたら、母上かそのお友達か……ソニア？」

嫌な記憶しか残っていない匂いだが、なぜか同じようにまだ子供だったはずの長姉の姿が思い浮かんだ。

「お待たせ、ディ。どうかしたの？」

仕度の出来たセレスが戻って来た時もディーンは考え込んでいる様子だったので、セレスが不思議そうな顔をしていたが、ディーンは何でもないという顔をした。

「行きましょうか、姉様」

あまり詳しくは覚えていないし、今は考えても仕方のないことだと思い、それよりも久しぶりの姉とのお出かけに心を弾ませてディーンはガーデンを後にし、花街へと向かった。

セレスとディーンは花街の中を吉祥楼に向かって歩いていた。

ディーンは花街を歩くのは初めてだが、セレスはユーフェミアに連れられて何度か来ていたので、色っぽいお姉さんやいかつい顔のお兄さんたちにも慣れたものだった。

本人は知らないが、いかつい顔の用心棒たちには、花街の上役たちから何が何でも薬師のお嬢ちゃんを守れという命令が出ているので、どこかしらの店の人間が常に見守っている状態を維持していた。

とはいえ、通っている内にそれなりに話をしたり薬について相談されたり、という関係になっている人たちもいるので、姿を見かけたら声をかけてくれる人は多くなっている。

昼間に限っては、セレスが一人で花街の中を歩いていようとも危険はない。下手をしたら外よりも安全なくらいだ。ただし、夜はよっぽどのことがない限り出入り禁止にはなっている。

もし何らかの事情でどうしても花街に逃げ込まなければならない場合は、一番近くの店に逃げ込むこと。花街で病人や怪我人《けがにん》が出て、来てほしい、という要請があった場合は必ず吉祥楼の男が迎えに行くのでそれ以外の人間が来たら絶対付いていかないこと。等々、細かくルールが定められている。

薬師としてのセレスは必要だが背後が怖い、という上役たちの苦肉の策だ。誰も新作の薬の被験者にはなりたくない。お互い手出し出来ない領域で生きているとはいえ、無駄な争いをする必要はない。

ついでにセレスに何かあったら最悪、あの方が出てくるよ、という怖いお達しもあったので何が何でもセレスの安全第一を上役たちは掲げた。

「おや、お嬢ちゃん、今日は男の子と一緒なんだね。良く似てるねぇ。ちょっと背は小さい気がするけどお兄さん？」

「違います。弟です」

「……逆じゃなくて？　弟くんの方が大人っぽいけど」

様々な髪色をした顔見知りのお姉さんがくすくす笑いながらからかってきた。セレスは一生懸命否定するのだが、その様子がまた面白かったのか、周りのお姉さんたちも微笑《ほほえ》ましい感じで見守っている。

「弟くんかぁ、大人になったらいい男になりそうだね、女性たちが放っておかなそう」

姉弟を見る目はとても優しいのだが、どこか切なそうな感じを受ける。

「大人になったらご贔屓《ひいき》にね」

「お姉さんたち、いつも姉様を守ってくださっていてありがとうございます。このお礼は僕が大人になったら必ずいたします」

花街のお姉さんたちに向かって優雅に礼をしたディーンに、お姉さんたちは一瞬あっけにとられた後、きゃーという声とともに騒ぎ始めた。

「やだ、聞いた？　姉様だって」

「美少年の口から出る姉様って言葉の威力はすごいわねぇ」

「絶対、お姉さん大好き弟ね」

好き勝手に言い始めたお姉さんたちに向かって手を振ってから、セレスとディーンは吉祥楼に向かって歩き始めた。

「申し訳ないのですが、花街って何というかこう……もう少し違う雰囲気だと思っていました」

「そうね、私も最初はそう思っていたんだけど、王都の花街は上がしっかりしているからルールも厳格だし下手な場所よりは治安がいいんですって。少しでもおかしなことが起こると国が介入してくる可能性が高いから、そうならないように厳しいそうよ」

国や軍が介入してこないように上の者たちが厳しく治安維持に努めているので、ここで暴れるのは酒を飲んだ者かよそ者だけだ。それもすぐに花街内で収まるように各店に腕自慢たちが揃《そろ》っている。

ケガをして遠出が出来なくなった者や、何らかの理由で冒険者を辞めた者たちの良い再就職先にもなっているそうだ。治安維持に手を抜いたらすぐに問題が起こる可能性が高いので、人も慎重に選んでいるらしい。

セレスとディーンがお姉さんやお兄さんたちと挨拶を交わしながら吉祥楼に向かって歩いていると、背後から急に呼び止められた。

「おい！　そこの子供二人」

子供二人、と言われた時点でセレスとディーンのことに間違いはなかったので用心棒たちが二人を守るために動こうとしたのだが、呼んだ相手を見てどうしていいのか戸惑った。呼び止めた相手は、男たちも良く知っている相手だった。

「姉様、下がっていてください。僕たちに何か用ですか？」

すっとセレスを背中にかばうように前に出たディーンは、険しい表情で男を見た。

「お前だろう？　裏通りに薬屋を開く予定のガキってのは。いいか、ここは大人の場所だ。ガキが好き勝手していい場所じゃねぇ!!」

「失礼な人ですね。人の前に急に出てきたと思ったら名乗りも一切しないで自分の都合の良いことだけを言う。そんな常識のない者たちとは付き合うな、というのが我が家の家訓です」

もちろん嘘《うそ》だ。だが、嘘でも何でもいいからこんな面倒な男とセレスを関わらせたくはない。

「俺は花街の薬屋だ！　だからここの人間に勝手に薬を売るなよな!!」

その言葉で、あ、この人が花街の婆《ばば》の孫だという男性か、ということに思い至ったのでセレスはディーンの背後から一歩前に出た。

「貴方《あなた》の噂《うわさ》は聞いています。薬師ギルドのような大きなところでない限り、どの薬師が信頼出来て、どの薬師が作った薬を飲みたいのかは薬を必要とする方が決めることです。薬と毒は表裏一体。信頼出来る薬師からでなくては、毒を渡される可能性だってあるんです。それにその日の体調やその方の体質によっても違います。患者さんの命を守るために私たち薬師は、話を聞くのだって大切なことなんです」

ユーフェミアや他のお姉さんたちから聞いた話では、この人は話もまともに聞かないで自分勝手な判断をして薬を渡してくるらしい。全く合わない薬を渡したりしていたので、アヤトが一度ギルドに呼び出して注意をしたが本人はただふてくされていただけだったと呆《あき》れていた。

「貴方が花街の薬師だと言うのならば、どうして最初からお姉さんたちの相談にきちんと乗らなかったんですか？　お姉さんたちの悩みを聞いて、ちゃんとした薬を処方すれば信頼は得られたはずです。それをせずに適当に話を聞いて効きもしない薬を渡していたから敬遠されたんですよ？　確かに最初は男性ということで少し遠巻きにされたかもしれませんが、それでも真摯に向き合えば信頼は得られたはずです。現に先代のギルド長は、花街のお姉さんたちの信頼を得ていました」

言葉の最後には本来なら「ちょっと変態ですが」という言葉が付くのだが、さすがにそれは言わずに、先代が女性からの信頼も大きかった男性薬師だということだけを伝えた。

だがいかにも年下の少女にそう言われて男は、カッとなってセレスの左手を摑《つか》んだ。

「姉様!!」

「その手を放せ！」

ディーンの言葉と同時に用心棒の一人が男の手を取ってセレスから引き離そうとした。

「うっせぇ！　これ見よがしに薬の入ってそうな籠なんて持ちやがって!!……え……？　この匂いは……」

セレスに文句を言おうとしていた男が急に戸惑ったような表情になった。力が緩んだスキをついて用心棒がセレスの摑まれた左手を引き離し、背後にかばった。

男は呆然《ぼうぜん》とした感じで今、セレスを摑んでいた右手を眺めた。

「コルヒオ、お前、これ以上、お嬢ちゃんに危害を加えようもんなら、花街から出て行ってもらうことになるぞ!?　聞いてるのか？」

用心棒の言葉など一切耳に入っていない感じでひたすらに自分の右手を見ているコルヒオを、用心棒が不審な目で見た。

「おい、ガキ、この匂いは何だ？　香水か？　だとしたら何から出来てるんだ!?」

幾分焦ったような顔でコルヒオはセレスに聞いてきたのだが、セレス本人に全く心当たりが無かった。

「何の匂いですか？」

「それをこっちが聞いてるんだよ！　何から出来てるんだ、この香水は？　知ってる限りの情報を吐け、ガキ!!」

「ガキはあんたの方でしょう？　お嬢ちゃんたちを一緒にするんじゃないわよ。それとお嬢ちゃんも言っていた通り、信頼出来る薬師は自分たちで選ぶわ。残念だけど、貴方は全く信頼なんてないのよ」

騒ぎを聞きつけて急いで来たのは、温泉に入ってきたおかげか、いつもより血色が良く艶《あで》やかさが倍増したユーフェミアだった。

「ユーフェさん」

「コルヒオ、貴方は先代の婆とは違うわ。私たちと婆の間には、信頼関係があったのよ。でも貴方は違うわ。婆の店を継いだといっても貴方自身は私たちとは初めて関わる人間よ。だからこそ最初が肝心だったというのに、貴方は最初にあまりにも私たち花街の女性陣を下に見すぎていた。そんな人間のもとになんか行きたくないに決まっているでしょう？」

婆が亡くなって薬屋を閉じるという話も出ていたが、隣国から帰って来たコルヒオが店を継ぐと決まった時は誰もが喜んだのだ。なのに肝心のコルヒオが花街の女性を下に見て、まともに薬を出してくれなかった。

そんなことが続いて、女性陣が誰もコルヒオの店を利用しなくなったのだ。はっきり言って自業自得だ。

セレスに文句を言うことの方が間違っている。

「お嬢ちゃんは違うわ。私たちに真摯に向き合ってくれている。まだお店こそ開いてないけれど、必要とあらば薬をくれるし、時には別の薬師を紹介もしてくれる。適当に見下してくる人間ときちんと対応してくれる人間、どちらが信頼出来るかなんて分かりきったことよ」

花街でも有名な吉祥楼のオーナーであるユーフェミアの言葉に、コルヒオは顔をゆがめた。だが、それよりも気になるのは、セレスの付けている香水だった。

「そんなんどうでもいい！　それよりも、ガキ、お前の付けている香水だ‼　それをどこで手に入れた⁉」

「香水？　お嬢ちゃん、香水付けてきたの？」

「付けていませんが、直前まで調香していたので、それの匂いが残っていたのかもしれません」

試しに付けては落としていたのだが、落としきれていなかった匂いが残っていたのかもしれない。

香水の匂いにずっと囲まれていたので自分では気が付かなかった。

コルヒオを無視してユーフェミアとセレスが会話したので、コルヒオが余計にかっとなったのだが、用心棒がコルヒオを抑えた。

「いい加減にしろや。これ以上、騒動を起こすようなら花街から叩《たた》き出すぞ。お前は花街の中に薬屋を開いてはいるが、俺たちが絶対に信頼してる人間じゃねぇ。お前が今、目こぼしされてるのは世話になった婆の孫だからだ。そうじゃなければ誰もお前をかばったりしない。家に帰って自分の振るまいを考えろ」

「な、なにを!!」

言い返そうとしたが、他の店から出てきた用心棒たちも険しい顔でコルヒオを見ていたので、コルヒオは舌打ちをすると憎々しげな目をセレスに向けた後、反対方向へと去っていった。

「ありがとうございました」

助けてくれた用心棒にぺこりと頭を下げると、険しかった顔が少し和んだ。

「こっちこそ悪かったな。同じ薬師だからと思って油断しちまった。腕は大丈夫か?」

「はい。少し、握られただけなので大丈夫です」

「そうか。だが気を付けてくれ。あいつ、変にお嬢ちゃんに恨みを持ったみたいだからな。店に客がいかないのは自分のせいなのにな」

「自分が悪いのに姉様に恨みを持つなんて……!　姉様、しばらくの間は一人でここには来ないでくださいね」

「うん、分かったわ。でも、香水って何だろう?」

そんなにおかしな匂いは残ってなかったはずだけど、何かの匂いが残ってたっけ?　と思いながら左手の辺りの匂いを嗅いだのだが、セレスは首を傾《かし》げた。

「ちょっとごめんね?」

ユーフェミアがセレスの左手首を取って匂いをそっと嗅いだ。微《かす》かに匂ってきたのは、甘い花の香り。ほんの微かだが、これに似た香りをユーフェミアは昔、嗅いだことがあった。

思い出したのは、もっと濃いむせかえるような香りをまき散らしていた少女。

「……お嬢ちゃん、お店の子たちより先に私に香水を見せてくれる？」

「はい、もちろんです」

もし、セレスの持ってきている香水にアレと同じ匂いの物があるのならば、薬師ギルドの長に至急相談しなくてはいけない、そう思ったのだが、それは同時に避け続けて来たアヤトとの再会をも意味しているので、少しだけユーフェミアは心の中で葛藤をしていた。

セレスと関わっていく以上、避けて通れない再会だと分かってはいるが、出来れば限界ギリギリまで延ばしたかった。もしくは延ばした限界が今なのかもしれない。十年はそれなりに長い。まだまだどこか青臭さを残していた自分たちも、この十年で色々なことを経験して大人になった。

今ならばアヤトと再会してもうまくあしらえる。事前準備は必要だが、何とかなる。ユーフェミアは心の中でそう決意しては、次の瞬間にグダグダになるということをずっと繰り返していた。

そんなユーフェミアの心情をあずかり知らぬお子様二人は、吉祥楼に向かいながら先ほどの薬師の話をしていた。

「姉様、あの男には絶対に関わらないでくださいね。ろくでもない人間のようですから」

「うん。色んな性格の薬師がいるけど、あの手のタイプには初めて会ったかも。ほらうちのギルドってどっちかというと研究者っぽい人たちが多いから」

「そうですね。薬師ギルドの人たちは、権力欲よりも実験欲の方が強いようですから、あの手のちょっと俗物っぽい方は少ないですね」

そういう人間は薬師ギルドには来ない。なにせトップがトップだし、上に行けばいくほど『変人』もしくは『変態』の称号が与えられるので、自分に価値があると思っている人間は薬師ギルドには来ない。

権力が欲しい薬師は、王宮か貴族のお抱え薬師を目指す者が多い。

「出来るだけ近寄らないようにするわ。あ、ここが吉祥楼よ」

とことこ歩いている内に着いたのは純白の建物だった。

白亜の館とも呼ばれる吉祥楼の建物の窓から何人かのお姉さんが手を振っていて、セレスとディーンの到着を待ち構えていたようであった。

「いらっしゃい、待ってたわ」

ユーフェミアと同じ年齢だというパメラがセレスたちを中へと案内してくれた。

パメラも昔は貴族だったらしく、今は吉祥楼の教育係のようなことをしている。ユーフェミアが不在の時は、彼女がオーナー代理としてお店を守っているらしい。さすがに元貴族らしく、優雅な立ち居振る舞いはお店の女性陣の良いお手本になっており、セレスも密《ひそ》かに憧れていて、どうしたら自然に出来るのか観察させてもらっている。

「パメラ、悪いけど一緒に来てちょうだい。他の子たちはお嬢ちゃんが行くまで待っていてね」

「あら、私も？　皆、先に広間に行っててね」

パメラも色気のある女性なので、ユーフェミアと並ぶとそこだけ一気に華々しくなる。それも大輪の花二つ、といった感じだ。そんな二人と一緒にオーナールームに入って行った。

「弟くん、改めて、私がこの吉祥楼のオーナーのユーフェミアよ。こっちは私が不在時の責任者であるパメラ。いつもお嬢ちゃんにはお世話になっているの。お嬢ちゃんが薬屋を再開してくれることになってすごく感謝してるわ」

「ユーフェミアさん、パメラさん、初めまして。姉様の弟でディーンといいます、姉様がお世話になっております」

あえて家名を名乗らずに、セレスの弟とだけ自己紹介をして綺麗《きれい》にお辞儀をしたディーンにユーフェミアは一瞬迷ったが、セレスはもう髪の毛の色を隠すこともしていないし、何よりジークフリードがあんな感じだったのでこれから先の付き合いのことも考えてきちんと家名を教えてもらおうと決意した。

もちろん家名など分かりきっているが、本人たちから聞いてしまえば何かあった時に知らぬ存ぜぬは通用しなくなるリスクはある。

家名を聞く。

たったそれだけのことで今後の関わり方が変わってくるのだが、ユーフェミアはそれも含めてあえて家名を聞くことにした。

「弟くん、申し訳無いのだけれど、家名を教えてもらっていいかしら？　お嬢ちゃんは元貴族だと言っていたけれど、君は今も貴族でしょう？　ああ、一応言っておくわ。私もパメラもアヤト様の後輩よ。アヤト様とそれから……リド様の名にかけて秘密は守るわ」

「そうそう。アヤト様たちは私たちの一つ上の代の方々だけれど、学園時代から色んな意味で有名な方たちだったわね。こわーい先輩たちには睨《にら》まれたくないわよ」

ユーフェミアの言葉にパメラも同調してそう言った。あの方たちを先輩に持った一つ下の後輩って絶対苦労してる気がするが、先輩たちの名に誓うのなら確実に秘密は守ってくれるだろう。

「そうですね。アヤトさんとあの方の名にかけて姉様を守ってくださいね。僕の名前はディーン・ウィンダリアです」

「まぁ、そうよねぇ。じゃあ、お嬢ちゃんが噂のウィンダリア侯爵家の次女ね？」

「噂、がどんなものかは分かりませんが、私はウィンダリア侯爵家の次女でした」

ディーンが名前ではなく、あの方、という表現をしたということは、彼《か》の方の正体を知っていると考えていいだろう。

自分でバラしたのかバレたのかは知らないが、そういったことにうとい姉と違って、次期侯爵ともなればそこら辺はしっかり理解しているようだ。姉の方は……今はまだ知らないままでいいだろう。必要になれば本人の口から聞けばいい。上の方の貴族であることは知っているようだが、さすがに現国王だとは思ってもいないだろうから、身バレした時に変な風にこじれなければいいんだけど……。

それにお嬢ちゃんは月の聖女だから、これからどうなるのかしらねぇ。

ついつい心配してしまったが、学生時代から要領は良い方だったので、まあ、何とでもなるだろう。こっちが心配したってムダに違いない。

「さて、お嬢ちゃん、さっき言っていた香水を見せてもらえる？」

「はい。この机に並べますね」

セレスは持ってきた籠から香水の入った瓶をいくつか並べた。ラベルには香りの傾向が書かれているが既存の香水名が書かれていないので、どれもセレスのオリジナルの香水なのだろう。

「今回は柑橘系《かんきつけい》の香りと花の香りをベースにしたものを持ってきました。多分、あの薬師の人が言っていたのはこちらの花のベースの香水だと思います。出てくる少し前まで色々と調合していたので……」

花のベースの香水は五瓶あるのだが、セレスはその中でも一番薄い黄色の香水をユーフェミアに差し出した。

「これが先ほどまで調合していた香水です。残ってるとしたらこれの匂いだと思いますが」

「そう。ちょっと匂いを嗅がせてね」

ユーフェミアはハンカチを取り出すとそこに香水を少しだけ付けた。空間に広がったのはねっとりとした花の匂い。強い匂いではないが、セレスに付いていた匂いよりはっきりと分かる匂いはユーフェミアが良く知っている匂いに近かった。

「……パメラ、どう？」

「コレが私を呼んだ理由ね。そうね、良く似ているわ。セレスちゃん、この香水、何を調香したか教えてもらっていい？　理由は……申し訳無いけれど今は言えないわ」

真剣なパメラとユーフェミアの表情にセレスは少し考えた後、頷《うなず》いた。

「……パメラさんとユーフェさんがそう言うのなら。それにしばらくはこの香水は作らないようにします。何かそうした方がいい気がしますから。この香水ですが、基本のベースは幻月の花です。少し濃いめにして、そこにリラックス作用のある花の匂いをいくつか入れています。最後にほんの少しだけ、マリカの実を入れました」

セレスが挙げた花の名前はどれも一般人でも簡単に手に入るものばかりだった。

どの花も精神をリラックスさせたり安眠効果が高いものばかりだが、普通に花屋さんに売っているものなので乾燥させたものを枕元に置いて寝る人もいるくらいだ。最後のマリカの実だけは薬師しか取り扱うことが出来ないが珍しいものではなく、痛みの軽減作用やケガの回復促進作用があるので軟膏《なんこう》によく使われている。普通は中の実を丸ごと潰して使うのだが、セレスは匂いが一番強い表面の皮を削って抽出をしていた。

「そう。ありがとう。作り方は秘密にするわ。申し訳無いけれど、こっちで少し調べさせてもらうわね」

「はい、もちろんです。お客様に危険なものを売るわけにはいきませんから……あの、パメラさんって薬師ですか？」

前々から思ってはいたのだが、パメラと話していると同じ薬師と話しているように感じる時がある。やたらと薬草類に詳しいのだ。そこら辺の薬師よりも知識は豊富だ。

「ちょっと違うわ。私の家は一応薬草の仕入れなんかを商売にしていた、男爵家とは名ばかりの貧乏貴族だったのよ。幼い頃から親戚の薬師のもとにお手伝いに行ってお金を稼いでいたの。おかげで薬草についてはけっこう詳しくなって、学園も最初は薬師になるために通うつもりだったのよ。親が貧乏なくせに妙に見栄《みえ》っ張《ぱ》りだったから許されなかったけれど、どうせ潰れる家なら私の好きにさせてほしかったわね」

おほほほほ、と笑うパメラに家が潰れた悲壮感は全く無い。だが、幼い頃から薬師のもとでお手伝いをしていたのなら、妙に薬草に詳しいのも頷ける。

「本格的な薬師ではないけれど、一通りは色々と覚えたわ」

「今からでも薬師は目指さないんですか？」

「ええ、もう薬師の真似事《まねごと》はこりごりなのよ。こうして店の女の子に礼儀作法を教えている方が性に合ってるわね」

未練などさっぱりない笑顔で言われたので、セレスもそれ以上は聞くのをやめた。自分も侯爵家の次女として生まれたが、両親からの放置はある意味で有難かったし、周りの人たちの協力もあってこうして好きな薬師として生きて行けている。よく考えたら今この場にいる女性は、元貴族女性ばかりだ。案外、身近に元貴族、という肩書きを持つ人は多いのかもしれない。

「問題なのはこの香水だけのようね、他は大丈夫よ」

「そう。ならお嬢ちゃん、広間で皆が待っているから行ってくれる？」

「はい」

ユーフェミアとパメラはセレスから問題の香水を預かると、二人をお店の女の子たちがいる広間へと送り出した。セレスはともかく、弟くんは女性陣のおもちゃになってしまうかもしれないが、あの弟なら笑顔で乗り切る気がする。


「まったく、今になってこの匂いの香水が出てくるなんてね」

手の中にあるセレスから預かった香水の瓶を眺めながらパメラが複雑そうな顔をした。

「全く同じ匂いではないわよね？」

「完成形は少し違うわね。アレはもっと濃くてねっとりした匂いを放っていたもの。私もあの時ちょっと調べたけれど、王都に幻月の花は滅多に出回らないから、こんな匂いなんて知らなかったわ。まあ自然に咲いてる時と香水用に抽出した時とでは全く違う匂いになってるって言っていたから、幻月の花を嗅いでも全然気が付かなかった可能性の方が高いけど」

ここまで匂いが変わる植物も珍しいわね、等とぶつぶつ言いながらもう一度パメラは香水の匂いを嗅いだ。

「間違いなくコレはあの時、我が家に持ち込まれていた魅了の薬の材料の一つだわ。兄さんが調合していたのはこれを含めたいくつかの薬品だったから。一時期、兄の部屋はコレの匂いが充満していたからよく覚えてるもの」

パメラの兄は十年前のあの時、正式な薬師でもないのにあの女に言われるがままにいくつもの薬品や香水を調合して渡していた。ただ、素となる材料はあの女がどこかで手に入れてきて兄に渡していた。

兄もまた幼い頃から薬師のもとへと働きに出ていたので、指定された調合方法から試行錯誤しながらあの女の望む効果が出るものを作っていた。好きな女にいいところを見せられてお金も多少は貰えて、何も悪いことはないだろう、そう言って兄は笑っていた。

パメラがいくら危険だと言ってもやめることはなく、結局、あの女の取り巻きの一人となっていたのだが、当時の王太子たちが亡くなる少し前に不自然な死に方をした。その際、兄の部屋にあった薬の原材料や器具などは全部無くなっていたので、何かがバレそうになってトカゲの尻尾切りにあったのだろうと思っている。

「で、どうするの？　アヤト様にお知らせするの？」

「……そうなのよねぇ、さすがにこれは私たちだけで手に負える問題じゃないし、お嬢ちゃんはアヤト様のお弟子さんだからそれが一番正しいのよねぇ……」

お嬢ちゃんが知らず知らずの内に調合した香水の一つが、あの時に出回っていた魅了の薬の原材料です。

言うだけなら簡単なのだ。そう言って正式にアヤトに調べてもらえばいい。ただし、言うとなると隠してきたパメラとパメラの兄のことも言わなくてはいけないだろうし、何よりアヤトと直接会話をしなくてはいけない。

手紙のように後に残るものは内容が内容だけに危険だし、何度もやり取りをするくらいなら直接話すのが一番良い方法なのは分かっている。

「私が行ってこようか？」

「……いいわ、私が行く」

「アヤト様、会合で私と会う度に貴女《あなた》が元気かどうか聞いてくるのよ？　毎回毎回聞いてきては、何かあればすぐに薬師ギルドに知らせてほしいって言われるわね。それに、アヤト様に最初の客になってあげるわよ！って言われたんでしょう？」

にやにやしながらパメラに言われて、しまった、愚痴るんじゃなかった、とちょっとだけ後悔をした。

それはあの夜、滞在していた部屋に押しかけて来たアヤトと口論になった時に彼から出た言葉だ。

当時だって外見は完璧な女性だったアヤトにそう言われても、はぁ？　となったし、娼館《しょうかん》に売られると言っても自分で自分を買い取るだけで本当の意味で売られる訳でもなかったので、思いっきり彼の頬をひっぱたいた。その後のことは……うん、思い出さないようにしよう。

「ずっと避けてる訳にもいかないし、いい機会だわ。ちゃんと話してくる」

「そうねぇ、一度避けちゃったから、何となくそのままずるずると避け続けてるだけだものね。惰性もいいとこだわ。でも学生時代から弟のリヒト様とエルローズ様はこじらせが過ぎるって有名だったけど、やっぱり兄弟ねぇ。兄の方もこじらせてるんだから」

パメラが楽しそうににやにやしながら笑った。パメラからしてみれば、アヤトの好意がどこにあるのかなんてすぐに分かる。分かりやすいくらいなのに、初手がまずかったせいで十年ほどこじらせた。貴族の間では完璧な策士兄弟なんて言われて国や敵対した者たちには容赦ないのに、好きな女性一人きちんと口説けないなんて笑えてくる。

ユーフェミアは、こじらせている相手が自分でなければパメラと同じように笑えたかもしれないが、当事者としては、割と決死の覚悟だ。

「何なら二、三日帰って来なくてもいいわよ。お店の方は任せてちょうだい」

「嫌よ。絶対にすぐに帰ってくるわ！」

以前あちらでも似たようなセリフを兄が弟に言っていたのだが、こちらの方ではユーフェミアがきっぱりとすぐに帰ってくる宣言をしていた。

◆

「行ってくるわ」

セレスが作った香水を持って、いつもの余裕たっぷりな感じの顔ではなくて、ものすごく真剣な顔をして出かけようとしている友人にパメラはにこやかな笑顔で声をかけた。

「もうちょっとにこやかにした方がいいわよ。まぁ、気をつけてね。二、三日って言ったけど、十日くらいならがんばれるからね」

「ちゃんと今日帰ってくるわよ。ええ、絶対に帰ってくるんだから！」

そんなことを言っているが、仕度にいつも以上の時間をかけたことは知っている。服装だっていつものラフな格好じゃなくて、ちゃんとお出かけ用だ。

「はいはい。そう願ってますよ」

「……もう、いいわよ。じゃあ、後はお願いね」

「ええ」

歩き出した姿はいつもと変わらないが、その後ろ姿は何となくいつもの凛《りん》とした雰囲気とは違うものを醸し出している。

「ユーフェミアは出かけたのか？」

何の気配もなくすっと現れたのは初老の男性だった。この花街の上役の纏めをしている人物で、ユーフェミアやパメラに花街での生き方を教えてくれた、血こそ繋《つな》がっていないが父親とも言える人だ。

「薬師ギルドの長のところにお出かけです」

「ほう、それはそれは。……覚悟を決めたのかい？」

「どうでしょう。今回は別件でどうしてもアヤト様と話さなくてはいけないことがあるのですが……不在が長引くようなら苦情の一つも入れておきますわ」

「はっはっは。まあそうそう厄介なことは起こるまいて。起こったらワシに知らせるがよかろう。厄介事の対処くらいはいつでもしてやるさ」

「……それ、帰って来ない前提ですわよね？」

「お預け期間が長いからなぁ。あの男が素直に帰してくれるとは思えん。あれは必要とあらば外面も人当たりも完璧なまでに仕上げてくる嫌な男で、裏に回れば冷酷非情で有名だが、ユーフェミアに一途《いちず》なところは認めてやろう。初手はしくじったがな。一応、今まではユーフェミアの意思を尊重してくれていたようだが、自ら会いに来てくれたとなるとどうだろうなぁ。まあ、好いた女を二度も逃がすほどの愚か者でもあるまいよ。泣かせたら許さんが、ユーフェミアがいつ帰ってくるのかはあの男次第だろうな」

物騒な台詞《せりふ》をはっはっはと上機嫌で笑いながら言ってから男は去っていった。

残されたパメラは、ユーフェミアに向かって言った台詞は半分くらい冗談のつもりだったのだが、言われてみれば確かにそうかも、と思い、友人が向かった薬師ギルドの方に向かって合掌をした。

「ごめんなさいね、ユーフェ。冗談にならなそうだわ」

パメラの謝罪など全く聞こえていないユーフェミアは、薬師ギルドに向かって歩いていたのだが、その足取りは重かった。

自分でアヤトと会って話をすると決めたのだが、歩いている最中に何となく決意が鈍ってくる。このまま行かなくても……と思っては、ダメダメと心の中で首を振る。この決意を逃したら本当にアヤトに会えない気がする。

「ユーフェさん？　何か変な顔してますけど大丈夫ですか？」

頭の中がアヤトのことで一杯になりながら歩いていたら、いつの間にかセレスが目の前にいた。

「お嬢ちゃん？」

「はい。どうかしましたか？」

セレスが声をかけた時、何となく心ここにあらずな返事だったが、本当に気が付いていなかったらしい。

「ごめんなさい。ちょっと考え事をしていてぼーっとしてたわ」

「何か悩みでもあるんですか？　私でよければ聞きますが」

とは言ってみたものの、大人の事情だと聞いてもあまり分からない可能性が高い。しゃべることによって解決するのならばいくらでも聞くけれど、もし恋愛系のお悩みだと経験値が全くないセレスでは対処不可能だ。

「悩み……そうねぇ、悩みだらけよ。そういえばお嬢ちゃんはアヤト様のお弟子さんよね」

「はい、そうです。もしやお姉様が何かしでかしましたか？」

基本女装趣味の男性だが、あれでいて女性にはけっこうもてるらしい。唯一の弟子ということでセレス経由でアヤトと繋がりを持とうとした女性もいたし、アヤトにプレゼントを渡してほしいと言って押しつけてきた人もいた。そういった女性たちの勘違いの因《もと》はたいていアヤトの何気ない言葉や態度だったりしたので、いつの間にか女性絡みの出来事は絶対アヤトが何かしたせいだ、という認識がギルド全体で出来ていた。

「アヤト様ってそういうとこは信頼ないのね。大丈夫よ。アヤト様は何もしてないわ」

一応、今回は。何かしたのは十年ほど前のことだ。

「よかったです。もしお姉様が何かしでかしていたらどうしようかと思いました」

「うふふ。ねぇ、お嬢ちゃんから見てアヤト様ってどんな方なの？　私が知っているのは昔のことだから」

パメラから様子は聞いているし、噂は嫌でも色々と耳に入ってきたけれど、一番近くにいる弟子のセレスから見たアヤトがどんな人なのか聞いてみたかった。

主に入ってくる噂としてはアヤトの外見のことや、人体実験したなどという怪しいものばかりなのだが、花街の上役たち曰《いわ》く、薬師ギルドの長の噂なんて代々そんな感じのものが多いらしい。

「お姉様ですか？　えっと外見詐欺？」

セレスの言葉にユーフェミアは笑ってしまった。

まさか一言目に「外見詐欺」なんて言葉がくるとは思わなかった。

まぁ、確かに昔から外見詐欺といえば外見詐欺だ。

女装は趣味と言い切っているだけで、嗜好《しこう》やその他諸々《もろもろ》は間違いなく男性のそれだ。女みたいで弱いんじゃないかと勘違いした男性たちがアヤトにのされた姿を学生時代に何度か目にしたことだってあった。

ユーフェミア的には性格とか内面とかそっち系で聞いたつもりだったのだが、外面からくるとは思わなかった。

「あの外見は私が初めてアヤト様を見た時からあんな感じだったわよ。だいたいいつもエルローズ様が一緒にいたからすごく目立っていたわ」

あちらは光の中で、こちらは陰でこそこそと。

生き方も歩む道も全く違っていたから、一瞬でも交差するとは思わなかった。まして、あれから十年経《た》って会いに行く決意をする時がくるなんて、人生何が起こるか本当に分からないものだ。

「目立ってそうですよねー、あの二人。あ、そこにジークさんもいたんですよね？」

「そうね、いたわね」

そこにリヒトも加わっていたのでより近寄りがたいキラキラ集団だった。

「……近寄れないです。もし同じ学年だったら絶対に近寄れないと思います」

アヤトとエルローズとジークフリードが一緒にいる姿を想像したのか、セレスが首を横に振っていた。

その気持ちものすごく分かる。実際、学生の頃はパメラと二人であの集団に群がっていく女性陣はすごい、と素直に感心していた。

「同感ね。私も近寄らなかったわ」

遠くから眺めるだけが一番ちょうど良い距離感だったのに、その距離感を最後の最後で間違ってしまった。学生時代には間違えたが、もう大人なので今度は間違える気はない。

「え？　でも……」

以前、ユーフェミアと知り合ったとアヤトに伝えた時、アヤトはユーフェミアのことを良く知っているような感じだった。

「ユーフェさんはお姉様とお知り合いなんですよね？」

「学生時代に何度かお話したことがあるくらいよ。色々あってずっと会ってはいないの」

セレスには言えないが、本当に色々と有り過ぎた。魅了の薬のことがなければまだ避けていたかもしれない。

「えっと、こじれると面倒くさいそうですよ」

「……お嬢ちゃん、どこでそんな言葉を覚えてきたのよ」

セレスにこじれると面倒くさいとか言われるのは何か嫌だ。

素直なお子様に言われると、何もしていないのにちょっとだけ罪悪感が湧いて出てくる。

「ジークさんが言ってました。何でも、お知り合いの方でもう二十年ほどこじらせている方がいるらしくて、すごく面倒くさいそうです。ジークさんはこじれる前に動いた方がいい、って言っていました」

そんなジークさんはきっと今頃、お城で外堀から埋めにいっているんだろうな、とは思ったがセレスには言えない。

確かにこじれの見本のようなリヒトを見ていて、口には出さなかったがさっさとエルローズ様に告白すればいいのに、と思っていた。だがいざ自分が当事者になると告白なんてとてもじゃないが出来ない。

「あの、もしお姉様とこじれているようなら、私も何かお手伝いしましょうか?」

ユーフェミアとアヤトの間で何かあったと察したらしいセレスの申し出をユーフェミアは断った。

「いいえ、大丈夫よ。そこまでヘタレじゃないわ」

当事者同士で決着を付けてみせる。そうユーフェミアは決意していた。

◆

いつも通り書類とにらめっこしては決済の印を押して各部署に手配などをしていたアヤトは、

凝った肩を少し回していた。今日はもう来客の予定はないので、机の書類だけは終わらせて帰ろうかしら、と思い新しい書類に手を出したところで扉がノックされて受付嬢の一人が入ってきた。

「ギルド長、お客様がいらっしゃってるんですが」

「……今日はもう来客の予定は入ってなかったわよね？」

「はい、入ってないです。ですが、急用だそうです」

「急用ね。で、誰なの？」

「吉祥楼のオーナーのユーフェミアさんです」

受付嬢からその名を聞いて、アヤトは全ての動きを止めた。

今、告げられた名前は本当だろうか。彼女が自分からここに来るなんて有り得ない。けれど、吉祥楼のオーナーでユーフェミアという名前を持つ女性なんてこの世に一人しかいない。

「……本当に彼女なの？」

「はい。個人的に何度かお見かけしたことがあるのでご本人で間違いないと思いますよ。同じ女性から見ても色気のある方ですよね」

「え、えぇ、そうね。会うわ。それからしばらくは誰も部屋に近付かないようにして」

「では、こちらへお連れします」

受付嬢が出て行くと、アヤトはイスに座りながらゆっくり深呼吸をした。

「本当にユーフェミアなの？　貴女、ずっと私を避けてきたじゃない。夢じゃないわよね……」

セレスが知り合ったと言っていたし、ジークフリードも温泉で再会したと言っていたのでいずれは自分も……とは思っていたが、まさかこんなに早く再会する日が来るとは思わなかった。

急用、と言っていたからまず話を……否、その前に十年前のことを謝ってからだ。それから話を聞いて……。

アヤトの頭の中からは机の上にある書類のことは綺麗さっぱり消え去り、代わりにユーフェミアに再会してからどうするのかということばかり浮かんできた。しかし彼女に関して、自分の思った通りに事態が進まないのは十年前に経験済みだ。いくら考えたっていざとなれば頭の中の作戦は案外役に立たない。

「お連れしました」

案内されて部屋に入ってきたのは間違いなくユーフェミア・ソレイルだった。

あの頃よりもずっと大人になっている。当たり前だ、あれからすでに十年は経っているのだ。

お互いもう学生なんかじゃなくて、それぞれに立場ある人間として色々と経験を積んできている。

ただ、変わらないこともある。

学生の頃、彼女を見かける度にどこか落ち着かなくてイライラした。誰かとしゃべっている姿を見かけるだけで、その相手が自分じゃないことがなぜか苛立《いらだ》たしくてむかついた。今思えば、自分勝手なただの嫉妬だった。

ユーフェミアは覚えていないだろうが、学園で初めて会ったのは裏庭で落としたリボンを拾ってくれた時で、その時は笑顔で対応してくれたのに、次に会った時に言われた言葉は「初めまして」だ。自意識過剰、と言われるかもしれないが、他人の記憶には残りやすいタイプのはずなのに、彼女の記憶から自分という存在がすっぽり抜けてしまっているのが許せなかった。こっちはずっと忘れられなかったというのに。

彼女の義妹がジークフリードを狙って纏わり付き始めた頃、会う度に話をしたが、全くなんの感情も表に出すことなくしゃべる彼女のその無表情を壊したいと思い、嫌みの一つや二つ……いや数え切れないくらい言ったと思う。

けれど、結果は惨敗だった。

彼女は一度だって自分の方を見てくれなかった。そのくせ、いつも違う男の手を引っ張っていた。

後から聞いた話では、あの男性たちは義妹の被害者で、正気に戻すために連れ出していただけだったらしい。言ってみれば彼女とは直接関わりの無かった人たちだ。

放っておけばいいのに、ユーフェミアは少しでも被害を減らそうと努力をしていた。なのにこちらは見当違いをして、さらにつまらない嫉妬も入った結果、彼女に対してだけとげとげしい態度で接してしまった。もっとも、どんな態度を取ろうともユーフェミアが自分を見てくれることなどなかっただろうけれど。

義妹の被害を減らすのに必死だった彼女がようやく自分を真正面から見てくれたのは、皮肉にも娼館に売られると聞いて部屋に押しかけたあの夜だった。

初めて彼女が全ての意識を自分だけに向けてくれたあの時の歓喜は、今でも忘れられない。

その想《おも》いは今もずっと引きずっている。

彼女がようやく自分だけを見てくれて嬉しかったのに、若かった自分はその想いを持て余して暴走した。

結果、あっさりとユーフェミアは姿を隠し、まさか再び向き合えるまでに十年の時を要するとは思わなかった。


隣で寝ていたはずの彼女の姿が消えていたことに対して、どうせすぐに見つかる、とか思った当時の自分をぜひともぶん殴りたい。


彼女がいなくなった後、すぐにジークフリードに捕まって弟と二人、文字通り王城から一歩も出られずに仕事をこなした日々の中でユーフェミアの行方を追いかけられなくなり、最後に足取りを追えた花街の上役からは「まだまだだぜ、坊ちゃん」という有難くない言葉を貰った。当時の花街は今よりもっと特殊な場所で、王侯貴族が介入しづらい場所だったのだ。

今度は絶対に自分の想いを否定したりしない。

否定どころか全肯定して……言葉を尽くして口説こう。彼女の望みを叶《かな》えるための努力は惜しまずしよう。

彼女に関してはどうせ色々考えたってムダなので、もう出たとこ勝負だ。

「……お久しぶりね、ユーフェミア」

言葉を尽くして口説くはずが、そんなありきたりな言葉しか出てこない。

「お久しぶりでございます、アヤト様。セレスちゃんにはいつもお世話になっています」

対してユーフェミアもありきたりな挨拶しか返してこなかった。

しばらく誰も来ないように伝えてあるので、ここには自分とユーフェミアの二人しかいない。あの夜と同じだが、同じ過ちを犯すわけにはいかない。

「座って。今、紅茶を淹《い》れるわ。好きな銘柄はある？」

「……特にありませんので、何でもかまいません」

穏やかにしゃべる彼女に自分はきちんと映っているのだろうか。あの時はしっかり目を合わせてしゃべった……というか言い合いをしたのだが、十年経ったユーフェミアの目に映る自分はどんな風になっているのだろう。

「はい、どうぞ」

自分とユーフェミアの前にカップを置き、心を落ち着かせるためにも一口飲んだ。チラリとユーフェミアを見れば好きな紅茶だったのか、うっすらと口元に笑みが浮かんでいる。

「ユーフェミア……色々と言いたいことはあると思うけれど、先に謝らせて。あの時はごめんなさい」

カップを置き、深々と頭を下げたアヤトにユーフェミアは少し驚いた顔をした。

「……済んだことです、アヤト様。あの時は私も言い過ぎましたし……それにアヤト様の頬を叩きましたもの」

「……！　それ以上に私は貴女に……」

「それこそ済んだことです、アヤト様」

笑みを浮かべるユーフェミアにアヤトは、済んだこと＝思い出したくも無い過去、なのだろうか、ユーフェミアにとって自分はもはやその他大勢に分類されるのだろうか、などと内心で葛藤していた。

「アヤト様、本日は少しご相談があって来たのです。あの時のことはもう無かったことにいたしましょう」

十年の間、自分はずっと覚えていた。

たった一度だけだったが、好きになった人に触れたその日のことを忘れるなんて出来なかった。思い出したくない、と言われるのならまだしもそれを無かったことにする？　今の今まではユーフェミアの願いならどんなことでも叶えようと思っていた。けれど、実際に声に出して言われた瞬間にユーフェミアの記憶から消える自分の姿が思い浮かび、それは嫌だと全ての感情が否定して、先ほどまで考えていたユーフェミアに再会したらどうするか、なんて考えは一切放棄した。

張り付いた能面のような接客用の笑顔でそう言ったユーフェミアの感情を揺さぶるべく、アヤトは彼女の提案を却下した。

◆

ユーフェミアにとって目の前の人物は昔、憧れた人だった。

昔、初めて見た時にはすでに女装していたし、それがとても良く似合っていた。学園内でも変わり者と評判だったが、成績は常に学年一位で〝薬のティターニア〟〝策謀のティターニア〟の名にふさわしい知識と能力を併せ持つ有名人だった。

アヤトは覚えていないだろうが、たまたま裏庭でアヤトの髪を結んでいたリボンがほどけて飛んできたのを拾ったのが自分だった。その時にほんの一言二言、言葉を交わしただけだったが、指先まで美しい所作に驚き、男の方なのにそんな風には全然見えない女性らしい所作に純粋にすごいと感じて、気が付けばいつの間にかアヤトのことを目で追っていた。

正直、それまでは噂で聞くだけで特に興味のない相手だったのだが、ずっと毎日飽きずに隠れてアヤトを見ている自分がいた。見続けていたある日、アヤトを含めた生徒会の面々に当たり前のように接しようとしている義妹が現れた。

学園に入る前、義妹と義母が屋敷にやって来た後、色々とあって曽祖父の屋敷に逃げ出していたのでハッキリ言って義妹との交流なんて皆無だった。

ぼろぼろだった自分を抱きしめてくれた曽祖父が亡くなり、学園の寮に入ってからも接触などは一切しなかったが、どう考えても何かを企《たくら》んでいそうな状況に急いで義妹のことを調べてみれば、どうもおかしな薬に手を出して周りを巻き込み、王族に手を出そうとしているようだった。

ふざけないで、と思ったがそれがソレイユ家の名の下に行われている以上、もはや実家が没落するであろうことはすぐに分かった。少しでも罪を軽くするため、そして何よりあの義妹の毒牙にかかるなんて可哀想《かわいそう》すぎると思ったので何人かの男性たちには裏から義妹のことを見せて、正気に戻すという作業を地道に行っていた。

この時はソレイユ家の屋敷を作り、趣味で隠し通路を作りまくった曽祖父に感謝しかなかったので、翌年の命日には曽祖父の大好物ばかり持ってお墓に行ったほどだ。

その頃、何故《なぜ》かアヤトが目の前に現れては義妹について抗議を受けたが、正直、王族や高位貴族までかまっていられないので自分たちの能力で何とかしてくれ、という内容を遠回しに言った覚えはある。遭遇する度に何かしらを言われたので、憧れはムカツキに変わり、義妹の件が済んだら二度と会うもんか、と心に誓った。

もっとも、没落決定の子爵家の長女と公爵家の嫡男であったアヤトが学園以外で会う確率なんてほとんど無きに等しかったので、学園さえ去ってしまえば二度と会うこともない。アヤトにとってあの義妹の身内など憎悪の対象か、もしくは記憶の片隅に残しておく価値さえ無い人間だと思っていた。

あの夜、全てが終わって、明日には自分で自分を買って自由になれる、と思っていたその時までは。

何故かいつもの外面重視の笑顔を剝がして必死な表情で現れた彼は、口を開いたその瞬間から女性言葉を一切忘れていた。

外見は女性なのにその言葉遣いは完全に男性のソレだったので、違和感が半端なくあり、思わず笑ってしまった。その笑いに反応してさらに乱暴な言葉遣いになっていった彼とは対照的にどんどん冷静になっていく自分がいた。

どうせ最後なのだから、そのケンカ、買ってやろうじゃない、という心意気で挑んだ結果、最終的に逃亡したのは仕方がなかったと思う。

だって、言い合いをしてケンカをしていたはずの、自分より女性らしい綺麗な男性が、目が覚めたら隣で寝ていたのだ。悲鳴を上げなかったあの時の自分を褒めてあげたい。

そして、逃げ出したのも仕方なかったのだ。

目が覚めて自分を見たらアヤトはきっと嫌な顔をする。こちらを見る目に少しでも嫌悪の感情があるのを見るのは嫌だった。どうせ最初から二度と会うつもりもなかったのだ。彼が昨夜、追いかけてきたのは想定外の出来事だったが、ここで逃げて行方をくらませたところで何の問題もないだろう、そう思って急いで花街に逃げ出した。

花街の上役たちにかくまわれつつ吉祥楼のオーナーとして勉強させてもらい、気が付けば自分も上役の一人となっていて薬師ギルドとの定期連絡会に出席しなければならないと知った時は、パメラに泣きついて行ってもらった。

引き換えに全部暴露させられたのだが。暴露、というか愚痴、というか……パメラには呆れられたが、その後も何も言わずに出席し続けてくれていたパメラには感謝しかない。そのパメラから、アヤトが気にしているようだ、と教えられた時は、正直、困惑の方が強かった。

彼にとって自分はあの義妹の姉で、どうでもいい存在だと思っていたから。どうでもいいどころか、視界に入るのも嫌な存在だと思っていた。だからこそ、いつも会う度に嫌な顔をして話しかけられたのだろう。パメラには何度か、

「ユーフェは自己評価低すぎよ。まぁ、初手でしくじったアヤト様が悪いんだけど」

と言って呆れられていたが、あのアヤトが自分に執着していると言われてもピンと来なかった。

あの夜はきっとお互いに自分の感情を持て余していただけだ。売り言葉に買い言葉で……というわけではなかったと思うが、告白はされていないしこちらもしていない。

出会い頭の事故として処理するにはちょっと思い入れがありすぎる相手だが、会わなければこち

らは忘れなくてもあちらは忘れてくれるだろう、と思っていた。

まさかこうして謝られるとは思ってもみなかったが、謝ることでアヤトの心が軽くなるのならばその謝罪を受け入れて何事も無かったように振る舞うだけだ。

ユーフェミア自身は一生の思い出としてしまっておくつもりだが、出来ればこれ以降は節度ある良好な関係を築いておきたい。

セレスの作ってくれる薬の効き目は大変良いし、化粧品も使い続けたい。セレスの師匠であるアヤトにもお店などで出会う機会が多くなるだろうが、何事も無かったつもりで平常心で接するのみだ。

自分の心が切なくて痛んでも、それは隠し通す。

自分を隠すのは得意だ。幼い頃からずっとそうして生きてきた。屋敷の片隅で、寒さと傷と飢えに震えながら生きてきたあの頃からずっと。感情が爆発したのはアヤトと言い合ったあの時だけ。

目の前の人に会うのが怖かった。もう一度、感情を引き摺《ず》り出されるのではないかと思って怖かった。憧れて、好きになってしまった人だから、自分の感情が暴走するのではないかと危惧していたが、あんなことはもう二度としない。何の感情も浮かべず、張り付けた接客用の笑顔で接するべし。ただこれを貫くだけだ。

「アヤト様、本日は少しご相談があって来たのです。あの時のことはもう無かったことにいたしましょう」

笑顔でそう言い切ったユーフェミアにアヤトがぴくりと反応した。

「……無かったこと……？」

「はい、そうです。今の謝罪を私が受け入れて終了です。アヤト様にとって私があの夜のことを覚えていること自体がご不快かもしれませんが、それは私の記憶内のことですのでお許しください。ですがあの時のような振る舞いはいたしませんので……」

「イヤだ。断る」

「……え……？」

先ほどまでの雰囲気が一気に変化して、アヤトからピリッとした空気が流れてきた。

「アヤト様？」

「無かったことにはしない。謝ったのは、あの時、強引にしてしまったことに対してだ。貴女のことをもっと知って最初から口説けばよかったんだ。この十年間で自分の感情とはしっかり向き合った。貴女のことが忘れられなかった。行方不明になって、やっと見つけたと思ったら花街に保護されていて手出しが出来なくて、おまけに私は出禁までくらって……。薬師ギルドの長になってようやく定期連絡会の時だけ出入りを許されたのに貴女は絶対姿を現さなかった。それが今日、ようやく正面から会えたと思ったら無かったことにしようとかふざけた提案をしてきて……。もうぐちゃぐちゃ考えるのは止《や》めた。本気で口説く」

「ア、アヤト、様??」

言葉がすでに女性口調ではない。それどころか怒っているようにしか見えない。

怒らせた？　でもどこら辺で？　無かったことにしようとしたから？　でも、それがアヤト様の望みじゃないの……？　それに口説く、とか言われてるんですが、相手は私ですか……？

色々な考えが一瞬にしてユーフェミアの頭の中を巡った。

「あの……口説くって言うのは……私を、ですか⁇」

「貴女以外にはいないな。十年前のことも含めて、私のことは全て覚えていてほしい」

「えーっと、その、あの……、あ、私、長い髪の毛の男性は嫌いです‼」

我ながら良い提案だと自画自賛。

アヤトが昔から髪の毛を伸ばして大切にしているのは有名な話だ。

先代の国王陛下に対して、何を言われても切る気はないと幼い彼が宣言したことは誰もが知っている。髪の毛が長い男は嫌いだと言っておけばこれ以上、口説いてくることもないだろう。

「……十年前は、さらさらしてて触り心地が好きって言ってくれたんだけどね。まぁ、いいさ。貴女が嫌なら切ろう」

そう言ってアヤトは首の後ろくらいで一つに纏めていた髪の毛を、近くにあった短剣で躊躇《ちゅうちょ》なくバサッと切った。

はらり、と短くなった髪の毛がアヤトの頬にかかる。

「まだ長いな。うっとうしい、もう少し短くしてくるか。でも、今はこれでいいだろう？」

「………」

アヤトの思いきりのよさにユーフェミアは唖然《あぜん》としてしまった。

十年前、さらさらしてて触り心地が好きって言った？　どのタイミングで？　あ、何となく覚えがある。あるけど、それを言った時はお互いの身体《からだ》がぴったりくっついていた時だったような……

ダメ、思い出すのは止めよう。

「さて、ユーフェミア。十年前は意識がちょっと飛んだりして記憶が曖昧だろうから、一からやり直しだ」

いつの間にか向かいのソファーに座っていたはずのアヤトがユーフェミアの隣に来て、彼女の髪の毛を一房手に取り、それにそっと口づけていた。

◆

「……そろそろ文句の一つも言った方がいいかしらねー」

ガーデンに来たパメラが、薬師ギルドからの使い走りと対面しているセレスを眺めながら呟《つぶや》いた。

ユーフェミアがアヤトのもとに行って音信不通になってから、すでに三日ほど経つ。この分だとまだ当分帰ってきそうにない気がする。

「お待たせしました。パメラさん」

「あら、大丈夫よ、セレスちゃん。それよりさっきのは薬師ギルドの子？」

「はい。本当は今日の午後からお姉様と約束があったんですが……〝お姉様〟が〝お兄様〟になって〝お姉さん〟と色々あって、しばらく取っていなかった休暇に入ったそうです。意味が分かりません」

首を傾げたセレスにパメラは思いっきり笑った。

「そうねぇ、意味が分からないわよね。ま、あと七日もすれば出てくるんじゃないかしら？」

約束（？）は十日くらい、だ。アヤトだってそんなに長い間、薬師ギルドは空けられないだろうから、ぜひとも十日で帰していただきたい。

「ねぇ、セレスちゃん、好きな人っている？」

「恋愛的な意味ならいないですね」

「そう。セレスちゃんは好きな人が出来たらちゃんと好きって言うのよ。こじれると面倒くさいわよ」

「ジークさんもそう言っていたのですが、やっぱりそういうものなのですか？」

「そういうものね」

長年こじれた人たちを見てきたパメラはしみじみとセレスに助言をしたが、セレスはあまりよく分かっていないようだった。

第三章　エルローズの憂鬱

セレスとジークフリードが王都に戻ってくる少し前、エルローズは私室に置いてあるソファーに座りながら手にしたチケットをどうしようかと悩みながら眺めていた。

久しぶりに会った友人が直筆の手紙と共に寄こした観劇のチケット。

指定された日時は本日の夕方で、お店のお針子たちによると今王都で最も人気のある物語なのだそうだ。

素直になれない幼なじみの男女の想《おも》いがすれ違って一度は離れてしまったけれど、再び出会って結ばれる、簡単に言うとそんな感じの内容とのことだった。

「……リドはわたくしに何の恨みが……？」

よりにもよってそんな内容の劇を見知らぬ男と一緒に見てこい、という王命が下った。

手紙には、男性の名前こそ書かれていなかったが、彼に会うことがエルローズの将来のためになる、絶対に観《み》に行け、と書いてあった。

無視しても怒られないだろうが、国王陛下のある意味心遣いを無視するようなマネはしたくない、でも、ジークフリードが何か企《たくら》んでいそうな気がしてならない、という葛藤をここのところずっとしていた。何度もチケットを手に取っては何となく揺らしてみたりもしたのだが、全く意味のない行動でしかない。

「この手の劇だとカップルの方が多そうですわよね」

しかも夕方からの部なので余計に男女で来ている人たちが多そうだ。

そんな中で一人身の自分が、相手の男性が来なくて一人で見ていても、見知らぬ男性と二人で見ていても、社交界に小さな波紋の一つくらいは立ちそうだ。

それなりにいい年齢なので、もはや行き遅れと言われても否定はしないが、行き遅れなりに自分の身を守る術《すべ》は心得ている。まず第一に、見知らぬ男性と二人っきりにならないこと。見知った男性でも必ず侍女は付けること。思わせぶりな態度を見せないこと。

今まではそれらをきっちり守って、全ての求婚や告白を断ってきた。

「仕事が楽しくて当分、そちらに集中したいんですの。それに、わたくし、結婚してもお仕事を続けたいんですの。幸い、国王陛下も応援して下さっていますし」

笑顔でさらっとそう言えばほとんどの男性は逃げ腰になって近寄っても来なくなる。言葉の中に入れた国王陛下の四文字は害虫駆除的にはいいのだが、結婚相手を探すとなると0点の言葉だ。

「……仕方ないわね」

あまり乗り気にはなれないが、せっかく国王陛下が用意してくれたチケットなのだ。誰が来るのかは分からないがジークフリードがエルローズの不利になるようなことをするはずがないので、ほんのちょっとの好奇心と共にエルローズは劇の時間に間に合うように仕度を始めた。

◆

「……まさか誰も来ないとは思いませんでしたわよ、リド」

劇場に着くと知り合いが何人もいたので、劇が始まるまではそういった人たちとおしゃべりをしながら待っていた。多くは恋人や家族と来ていて、一人で来ているのはエルローズくらいだったので、気を遣った人たちがエルローズを一人にしないようにずっと一緒にいてくれたのだ。

だがそれも劇が始まるまでで、劇が始まったらエルローズはボックス席に一人でポツンと座っていた。

劇の内容がそれなりに面白く、役者たちも上手な人たちばかりだったのでまだ良かったが、帰ったらジークフリードに絶対文句の手紙を送りつけようと決めた。

ようやく劇の幕間《まくあい》の休憩時間が来たのでロビーに出ようと思い、ボックス席の扉から出たところでエルローズは懐かしい声に呼び止められた。

「おや？　エルローズ嬢ではありませんか？　お久しぶりですね」

そこにいたのは背が高く、どちらかというと筋肉質な肉体を持つ青年だった。

「まぁ！　本当にお久しぶりですわ。お元気でしたか？　ストラウジ卿《きょう》」

「はは、見ての通りです。貴女《あなた》は相変わらずお美しいですね」

「お上手ですわね。貴方《あなた》もますます精悍《せいかん》になられて……！」

そこまで言ってお互いに小さく、ぷっと吹き出した。

「あはははは、ローズはともかく、俺にこんな言葉遣いは似合わないなぁー」

「そうでもなくてよ。マリウス、貴方、学生時代よりはまともになったのではなくて？」

エルローズにとって、マリウス・ストラウジは学生時代に同じ生徒会の役員として活動していた友人の一人だった。

家は子爵家だったはずだが、ストラウジ家は手広く商売をしている裕福な家だった。それも当主や一族の者が男女問わず自ら新規開拓と称してあっちこっちに行ってしまう家らしく、学園を卒業した後はマリウスもどこかに商売をしに旅立ったと聞いていた。

「いつ王都に帰っていらしたの？」

「三日くらい前だよ。それまではずっと砂漠の国で新しい店を出したり商品の仕入れに行ってたりしたんだ。そうそう、砂漠の国でもローズのドレスは話題になっていたよ。ローズにはあっちの国の民族衣装や布地をお土産で買ってきたんだ、明日にも届けさせるよ。ちょっと量が多いかもしれないけれど、地域で形や模様がけっこう違うからついつい面白くて色々買っちゃったんだよね。ローズのお眼鏡にかなう物なら仕入れようと思っているからぜひ感想を聞かせてくれ」

この辺りのやり方はとてもスムーズだ。お土産はエルローズの負担にならないように商売に結びつけているし、断る隙も与えずにエルローズのもとに届くように手配しようとしている。

どっかの誰かとは大違いだ。

ジークフリードからのお土産を持ってくるはずの宰相閣下は、まだ姿を現さない。

一つ年下の青年は、お土産を渡すという簡単な任務でさえ出来ないでいる。それでも国王陛下からの信頼が厚く、出来ると評判の宰相閣下か！　と言いたくなってしまう。

「ところでローズは一人なのか？」

「ええ、そうよ。リドが席を用意してくれたんですけど、ここでリドのお知り合いの方と待ち合わせだったんです。ですが、相手の方にすっぽかされてしまったようですわ」

「へぇ、リドの斡旋《あっせん》によるお見合い？」

「どうかしら？　わたくしの将来のためになるから必ず行け、という手紙が来ましたの。それともリドが用意したわたくしの相手は貴方なのかしら？」

偶然の出会いだと分かっているからこそ言える言葉だ。もし、ジークフリードが用意した相手がマリウスならばもっと話はスムーズに進むだろうし、まず第一に屋敷まで馬車で迎えに来てくれていただろう。

「残念ながら、俺も妹に急遽《きゆうきよ》付き合わされて来たんだ。婚約者が急な用事で来られなくなったらしくてね。帰って来たばかりだというのにこうして駆り出されたわけだ。そのおかげで久しぶりにローズにも会えたから、まあ、付き合って来て良かったよ」

「おほほほ、わたくしの方は待ち人来ず、というやつですわ」

「……本当に誰も来ないの？」

急に真剣な顔をしたマリウスがそう聞いてきたので、エルローズは「え、えぇ」と言って頷《うなず》いた。

「そう……なら、俺でもいいんだよね」

「？　何がですの？」

マリウスの言葉にエルローズは意味が分からない、という表情をした。そんな風に表情が豊かなところは昔から変わらない。特定の誰かさんにだけ『愛《いと》しい』という感情が隠しきれていない表情を見せていたのに、そいつがいつまで経《た》ってもうじうじしているのなら、その感情をこっちに向けてもらえるように努力してもいいわけだ。とマリウスは内心考えていた。

「ローズ、よければこの後、一緒に食事でもどう？」

マリウスの誘いにエルローズは「もちろん喜んで」と答えた。

エルローズにしてみれば、久しぶりに会えた友人、それもつい先日まで外国にいた友人の誘いを断る理由などないし、このまま誰も来ないのならば劇が終わればさっさと帰るだけだ。ここのところ仕事が忙しくてあまり外食もしていなかったので、息抜きにもちょうどいい。

「よかった。なら後で迎えにくるから席から動かないでくれ」

約束をしたところで係の人間が席に戻るように促している声が聞こえたのでそのままエルローズとマリウスは一度別れた。少し離れた場所でマリウスが小柄な女性と合流していたので、恐らくその女性が妹君なのだろう。

「うふふ、相変わらず面倒見の良い方ですこと」

一人でボックス席に戻ると、エルローズはマリウスのことを思い出して笑ってしまった。たった一人で劇だけ見て帰るのもつまらないと感じていたところだったので、マリウスの誘いは嬉《うれ》しかった。

エルローズが一人で思い出し笑いをしているとすぐに劇の後半が始まったのだが、この後の約束があるせいか先ほどより楽しんで観られるようになった。

やがて、クライマックスのシーンが近づいてきて、すれ違う男女に周りの人間たちがやきもきしているシーンに入った時、エルローズがいるボックス席の扉が静かに開いた。

あら？　今頃ですの??

どうやらジークフリードの言う、エルローズの将来の役に立つ男性とやらが到着したらしい。エルローズが静かに振り向くと、そこにいたのは忙しいはずの宰相閣下――リヒト・ティターニア公爵が驚いた顔をして立っていたのだった。

先に我に返ったのはエルローズの方だった。

がんばれ、わたくし。次に会った時にはいつもと違う言葉を用意して、きちんと受け答えするんだって決めてましたのに!!

ジークフリードから予《あらかじ》め、リヒトに布を持っていかせる、と聞いていたのでその日に向かって脳内で色々と対策はしてきたのだ。今までみたいに、ご機嫌よう、だけではなくてもっと違う言葉をかけるのだ、と。

「ご機嫌よう、リヒト様。良い夜ですわね、わたくし、ジークフリード様より今日は必ず観劇に行くようにとお手紙を頂いていたのですが……リヒト様がわたくしの本日の会うべき相手でございますか？」

言えた。けっこう長文を言えた。

内心でガッツポーズをしたエルローズと違い、リヒトの方は久しぶりに会えた生エルローズの姿に脳の処理能力が追いつかず、エルローズの長文（当社比）に、

「あ、あぁ、ご機嫌ようロ……エルローズ嬢」

とだけしか返せなかった。しかもヘタレなので、本人を目の前にしたら愛称である「ローズ」呼びも出来ていない。

「お座りになったらいかが？　もうすぐ終幕とはいえせっかくいらしたんですもの。本日もお仕事でしたの？　宰相閣下ともなればお忙しいとは存じますが、お身体《からだ》は大切になさってくださいませ」

先ほどの長文に加え、リヒトを気遣う言葉も言えた。

今夜のわたくし、完璧ではなくて？

ちょっとだけ自画自賛が入った。他の人からしてみれば、その程度の言葉なら心がなくても言えるよね？　という感じなのだが、いかんせんこの二人の場合はこれでもがんばっている方なのだ。

もっとも、リヒトは固まっているだけなので、いつも通りと言えばいつも通りなのだが。

「ロ……エルローズ嬢は最初からご覧に？」

「えぇ、わたくし、じっくり拝見いたしましたわ。恐れ多くも陛下よりお贈りいただいたチケットですもの。今日は来てよかったですわ」

取り方によっては、「せっかく陛下からチケットを貰《もら》ったのに、こんな終わり近くに来るなんて！」という感じの嫌みに聞こえるだろうが、リヒトの場合は内心で（しまった。せっかくローズと二人っきりで過ごせる時間だったのに！　仕事を優先してしまった……）という後悔しかなく、エルローズも別に嫌みで言ったわけではなく内心では、（えぇ、無駄ではありませんでしたわ。こうして少しの時間ですが貴方に会えましたもの……！）という風に思っていた。

両方がその心の内をちゃんと言葉に出していれば、ここまでこじれることはなかったのだろうが、生憎《あいにく》となぜか二人揃《そろ》って心の中の言葉は豊かなのに、それを片想いだと思っている相手に対して言葉に出すのが苦手という悪循環に陥っていた。

そうこうしている内に劇は終了し、役者たちが客席に向かって礼をしているところだった。

当然、二人とも劇の最後の方なんて見てもいなくて、ぐるぐると心の中で色んなことが巡りまくって、思い切って何か言おうとしてもうまく言葉が出てこずに、端から見れば「何やってんだか……」という状態になっていた。

「ロ……エルローズ嬢……」

「は、はい」

リヒトが何かを決意してエルローズに言おうと思った時、扉が叩《たた》かれて「失礼」という言葉とともにマリウスが入ってきた。

「ローズ、お待たせ……って、もしかしなくても、リヒトか？」

「……マリウス・ストラウジ？　生徒会で一緒だった？」

「おぉー、よく覚えていたな。そのマリウス・ストラウジで合ってるよ。久しぶりだな、元気そうで何よりだ。お前の話は砂漠の国でもよく聞いたよ。ちょっと知り合いになったあそこの国の王子様から、お前の国の宰相はエゲツなさ過ぎる、どうにかしてくれ、って言われる程度には有名だったな」

はっはっはと笑うマリウスは、どこからどう見ても完璧な貴族の男性という感じだった。宰相として把握している限り、ストラウジ家は子爵家だが商売も領地も順調で領民たちからも慕われている領主だ。むしろこれ以上の爵位を打診されても毎回「いらん」と言って蹴っているのは、貴族として忙しくなったら好きな商売が出来ないから、というのが理由の生粋の商人魂を持つ一族だ。

各国の王侯貴族を相手に商売をしているので各地の言葉はもちろん、その地の礼儀作法や風習にも詳しく、出来れば外交官枠で採用したかった人物だ。マリウスは、政治よりも商売の方に興味がある、と言ってリヒトの誘いを一蹴した過去を持っている。

時々、ストラウジ一族の話は聞いていたので生存確認くらいは出来ていたが、帰ってきているとは知らなかった。

「ローズ、約束通り夕飯に行こう。ここから少し遠いが、知り合いがやっている店があるんだ。連絡をしておいたから用意して待ってくれているよ」

「え、えぇ、そうね。お約束しましたもの」

何となく気まずい空気になったので、エルローズは差し伸べられたマリウスの手を取った。

エルローズからは見えなかったが、その瞬間にマリウスがリヒトに向かってにやりと笑った。

「悪いな、リヒト。ローズの待ち人がちっとも来ないっていうからさ。来ないなら来ないで俺が名乗り出てもいいってことだよな。リドにその内挨拶に行くって伝えておいてくれ」

「挨拶、だと？」

「そう、挨拶、だ」

それがどういった類いの挨拶になるかはその時次第だ。場合によってはエルローズと二人で挨拶をすることになるかもしれない。

「……ふざけるな」

「悪いが本気だ」

言葉に乗せなかった内容をしっかり読み取ったリヒトが、昏《くら》い瞳でマリウスを睨《にら》み付けた。

言葉の端々から色々なことを嫌でも読み取ってくれる宰相閣下は大変有能だと思うので、こういう時にはその能力が役に立つ。何と言ってもエルローズの前で堂々と恋敵に宣戦布告をすることが出来るのだから。

◆

「国王陛下、ストラウジ子爵、マリウス・ストラウジ、ただいま戻りました」

エルローズと再会してからしばらく経った頃、ようやくこの国の王に謁見を許されたマリウスは、珍しい土産の数々と共に王宮に来ていた。と言っても堅苦しい場ではなくて、最初から国王であるジークフリードの私室に通されていた。

「お帰り、マリウス。しばらく俺が出かけていたから会うのが遅くなって悪かったな」

ちょっとした小旅行に行って温泉に入ってきたという国王陛下は、心なしか最後に会った時より若返っている気がする。

「温泉に行ってたんだって？」

「ああ、王都内に温泉が無いのは本当に残念だよ。あったら王宮の風呂を温泉にするんだがな」

私室では基本的に王と臣下としてではなく、友人として振る舞うこと。ジークフリードにそう言われているので、マリウスの口調も普段通りのものだ。特にかしこまってなどはいない。

「たまに行くから有難みが分かるんだろ。ま、何にせよリドの調子も良さそうで良かったよ」

国王・ジークフリードはマリウスの友人であり同時に唯一の忠誠を誓った王だ。

ストラウジ一族は、商売人として頭を下げるべき場所ではきちんと下げるが、心から誰かに忠誠を誓うような一族ではなかった。けれど、当時、次代の一族の長と目されていたマリウスがジークフリードを主として忠誠を誓った。そんなことは長いストラウジ一族の歴史の中でも初めてのことだったので一族はざわついたが、最終的には「たまにはそんなこともいいだろう」と言ってジークフリード支持に回った。おかげで中立だった商人たちやストラウジ一族と繋《つな》がりのある貴族たちもジークフリードの支持に回ったのだ。

マリウスがジークフリードを主と定めている限り、ジークフリード王には従う。そうでなくなった場合は、それぞれの商人魂に従って生きる。それがストラウジ一族の出した結論だった。

「ところで、俺、ローズに会ったんだけど」

「聞いている。あのヘタレがまたやらかしたそうだな。あれほど念を押したというのに」

出かける前、リヒトには必ず開演から行けと言っておいたのに、あのヘタレは仕事にかこつけてほとんど終幕に近い時間に行ったと報告があった。その間にエルローズはマリウス・ストラウジと再会を果たしたというわけだった。

「なあ、正直、俺がローズと結婚するのは反対か？」

本日の最大のお話はそれだ。他のことは定期的に送っている報告書に書いているし、緊急のことなら来た瞬間から話している。マリウスもエルローズも貴族だ。その婚姻には国王の許可が必要になる。ジークフリードは別に貴族たちの婚姻に関して口は出さないので、よほどのことが無い限り本人たちの意思を確認した上で婚姻の許可を出している。

「……友人として言わせてもらえば、リヒトとエルローズの馬鹿みたいなこじれっぷりをずっと見てきている以上、さっさとくっつけと思っている。そこに変なちょっかいを出すのはやめてほしいところだな。だが、国王として判断するのなら、どちらでも良い」

「……へぇ、いいんだ」

「ああ。ローズがリヒトに嫁ぐのなら、国内貴族の強化に繋がる。お前に嫁ぐのなら、ストラウジ一族がこの国を見捨てないための楔《くさび》になる。お前自身にも良い足枷《あしかせ》だろう？」

大変良い笑顔で国王陛下はそうのたまった。

相変わらずマリウスの主は容赦がない。誤魔化すことなく、エルローズがマリウスの枷になると言い切った。その通りなので、「チクショウ」と呟《つぶや》くくらいしか出来ない。

「今は、お前が俺に忠誠を誓ってくれているからストラウジ一族も味方でいてくれるが、次の王がストラウジ一族の忠誠を勝ち取れるかどうかは分からん。そうなると別の枷が必要だからな。エルローズならちょうどいい」

鬼畜な王は鬼畜な発言をどんどんしてくれる。っていうか、次代の王に今のところ一族の者が誰一人として傅《かしず》く気が無いのはちゃんと分かってくれてるんだ。その上で、エルローズを足枷にしようとか考えるなんてひどい。

「アイツがお前たち一族の誰か一人からでも忠誠を勝ち取っていたら別にこんな手は考えないが、

そうじゃない以上、別の手段が必要になる。エルローズとお前が結婚すれば最愛の妻というわけだな。妻が祖国を愛している以上、お前はこの国を守るために動く。それにお前と結婚してもエルローズは好きなことをして幸せに暮らせるだろうしな。むしろ変わった布とか簡単に仕入れそうだ。リヒトよりもきちんと言葉にして言うお前の方が気持ちを伝えるのが上手《うま》いから、その内、ローズの心の中にだってお前に友情じゃない愛情の一つや二つくらい湧いて出てくるさ」

「あー、じゃあ、俺とローズが婚姻の許可を取りに来たら？」

今現在、エルローズが抱くマリウスへの気持ちは友情以外にないことをちゃんとご存じでもある。

「ローズが納得しているのなら許可は出す。その後、リヒトが使いものにならなければアヤトを使う」

「アヤト？　一筋縄じゃいかなそうだけど」

「アヤトは貴族籍のままだ。ついでにアヤトの恋人の貴族籍もそのままにしてある。貴族同士の場合、婚姻の許可を出すのは誰だ？」

「……国王陛下ですね。アヤトの恋人って彼女だろう？　ユーフェミア・ソレイル。今現在、彼女を屋敷に連れ込んでるって噂《うわさ》は聞いてるよ。でも彼女って貴族籍からは抹消されてるはずだろ？」

ユーフェミア・ソレイル自身に罪はないが、ソレイル子爵家そのものが罪に問われて子爵家が抹消されているはずだ。そうなるとソレイル子爵家に属していたユーフェミアもすでに貴族ではない。

「彼女単体で貴族籍を残した。彼女が望めばソレイル子爵家を再興させることも出来るが、以前聞いた時には一蹴されたな。ソレイル子爵家はいらんそうだ。平民に嫁ぐのなら貴族籍はそのままそっと抹消しようかと思っていたが、貴族に嫁ぐのなら必要だろう。ソレイル子爵家の名で都合が悪いのなら、どこかの家に養女に入ってから嫁げばいい。その時も最初から貴族籍が有るか無いかで手続きが複雑になるからな、俺からのちょっとした謝罪の意味も込めて残してあるんだ。今回はそれが俺に有利に働いたにすぎない。というか、ユーフェミアのこと、噂、と言ったな。どこまで広がっているんだ？」

一応、アヤトはユーフェミアを薬師ギルドから直で拉致……じゃなくて、屋敷に連れて帰り、現在は溺愛して片時も離さないらしい。とはいえ、他人の口に上るほど堂々と連れ込んだわけではなかったはずなのだが。

「ご安心を。まだ裏の連中にしか広まっていませんよ」

「裏の方に今の溺愛っぷりを流しておけ。それとユーフェミアにちょっかい出しそうな奴《やつ》らは潰せ。アヤトにちょっかいをかけそうな奴らの方は、ユーフェミアとセレスティーナに危害が及ばん限りは放置でいい」

「承知いたしました。……ところで陛下、ユーフェミア・ソレイルはともかくセレスティーナ・ウィンダリアとのご関係は？」

もちろん国王の周辺の情報収集にも余念がないマリウスは、最近の陛下のお気に入りの少女のことは調べてあった。

セレスティーナ・ウィンダリア、ウィンダリア侯爵家の次女でジークフリードと一緒に旅をするくらいに親しい少女。なぜかよく分からないが、両親や一族からその存在を無視……というか無いものとされている。

本人は一族そっちのけで薬師ギルドの長に弟子入りし、今現在は先代の残した『ガーデン』に住んでいて、実家なんて放置して頼らずに薬師として生きているようだ。彼女の作る薬品は良品として重宝されているし、変わった効果を持つ薬を生み出してもいるらしい。

そして、髪の色は黒だが、その瞳は深い青色なのだと聞いている。

「関係と言われれば、そうだな、今はまだ保護者の一人とか知り合いの信頼出来るお兄さんくらいの関係だな。少しずつ詰めていく予定だ」

「……そういう趣味を持っていたっけ？」

「他はいらん。セレスだけだ」

「彼女は……黒い髪に深い青の瞳の持ち主だと聞いている」

「髪は染めている。元は銀だ。まぁ、旅の途中で染め粉を落としてからは銀色のままだがな」

「……『ウィンダリアの雪月花《せつげつか》』？　月の聖女？」

「王命だ。マリウス・ストラウジ。セレスティーナ・ウィンダリアを守れ。そしてもしこの国に何か起こった時には、迷わずエルローズとセレスティーナを連れて国外に逃げろ」

エルローズが生まれた家は、何度も王家の血が混じっている。彼女自身も低いが王位継承権は持っているのだ。万が一、この国の王族や他の継承権を持つ者たちが根こそぎ滅びても、エルローズが無事であれば王位は彼女、そして彼女の産む子供に引き継がれる。

セレスティーナを一緒に逃がす理由は月の女神の怒りを買わないためだ。ごたごたの中でもしセレスティーナに下手な危害が加われば、女神の怒りによる罰はこの国全土を襲う。過去の『ウィンダリアの雪月花』たちの時にも何度か女神の怒りによる罰が国を襲ったが、ありとあらゆる薬草が一定期間全く生えなくなったり、植物に異状が出て飢饉《ききん》が起きたりと女神の罰はその都度違う。期間も罰の内容も様々にあるそれを避けるためにもセレスティーナは無事でなければならないのだ。

マリウスは独自に他国とのルートをいくつも持っているから、いざとなればどこか別の国に二人を逃がすくらいは出来るはずだ。

「王命、しかと承りました。陛下の御代《みよ》が安定しているとはいえ、いざという時には命に代えましても陛下の命を果たします」

マリウスはジークフリードに向かってしっかりと頭を下げた。それから頭を上げてジークフリードににっこりと笑いかけた。

「そうならないのが一番だけどな。最終手段は引き受けたけど、答えは貰ってない。セレスティーナ・ウィンダリアはリドの何？」

「最愛だ」

迷うことなくこちらもにっこり笑ってジークフリードは宣言した。

◆

王城からの帰り道、マリウスはふと思いつきでガーデンの近くを通った。まだセレスティーナ・ウィンダリアを直接見たことがなかったので、ちらりとでもその姿を見たいと思ったからだった。セレスのことは、ジークフリード絡みだけではなく、末弟からの手紙で知っていた。ただ、その時は第二王子が執着している少女で、あのウィンダリア侯爵家の次女という認識しかなかった。

セレスの弟のディーンと同じクラスになった末弟のジャックは、ウィンダリア侯爵家の姉弟について細かく手紙に書いてきていた。学園内で会話などしていない姉弟だが、よく観察してみれば、ほんの一瞬目が合った時などにちょっとだけ口元に笑みが浮かんでいるのでおそらく仲が良いと思われる。将来のためにもこの姉弟から何か要望があれば出来る限りは手伝いたい、そう手紙には書いてあったので許可は出しておいた。

ジャックには、商人たる者これと思う相手のことは隅々までよく観察しろ、と教えてあったので、どうやらウィンダリア侯爵家の姉弟に商売の匂いを感じとったようだ。

現にディーンから持ちかけられた仕事で二人は小遣いを稼いでいる。最近、王都で流行《はや》っているクレープという薄く焼いた小麦の皮にフルーツなどを巻いた食べ物はディーンに教えてもらったのだと言っていた。

ディーンがその売り上げの一部をセレスティーナ名義の口座に入れていることも知っている。ジャックもディーン経由でせっせと薬草を渡していて、つい先日、ようやく紹介してもらえたと言っていた。

アヤトの弟子で、エルローズが妹のように可愛《かわい》がっていると聞いていたので、セレスにストラウジ商会に良い印象を与えておきたかったのだが、まさかジークフリードの月の聖女になるとは思わなかった。

国王陛下のあんな笑顔は見たこともない。

忠誠を誓った主のためにもセレスティーナ・ウィンダリアには常に笑顔でいてもらいたい。

家に帰ったらジャックにディーンとその姉の情報をもっと流すようにという指示と、必要とあれば自分を通さなくても良いのでセレスのためにすぐに動けるような体制を整えよう。それと他のストラウジ一族にも変わった薬草があれば王都の店舗に持ってくるように指示を出して、セレスの手に渡るようにアヤトにでも渡そうかと考えたのだが、せっかくジャックがアヤトを通さないルートを確立してくれたので、弟経由で個人的な接触を試みるのも良いかもしれない。

そんなことを考えていたら、前から弟が歩いてきた。一緒にいるのは黒い髪の少年。おそらく彼がディーン・ウィンダリアだろう。

「あれ？　兄さん？」

「やぁ、ジャック。偶然だね」

「偶然？　何だろう、兄さんが言うとうさんくさい」

弟が小声でぶつくさ言っているのを無視して、マリウスはディーンと思われる少年の方を向いた。

「君は弟の友人かな？　俺はマリウス・ストラウジ。ジャックの一番上の兄なんだ。弟と仲良くしてくれてありがとう」

「ディーン・ウィンダリアです。ジャックとは同じクラスなんです。失礼ですが、ストラウジ子爵でいらっしゃいますか？」

「ああ、まぁそうなんだが、そう呼ばれると堅苦しいな。気軽にマリウスとでも呼んでくれないか？」

「では、マリウス様と呼ばせていただきます」

噂で聞いているお花畑の住人の両親や長女と違って、こちらはしっかりしている。次期侯爵とはいえ、今はまだ侯爵子息という立場のディーンとすでに子爵を継いでいるマリウスとでは、将来はともかく今の立場はこちらが上だ。

「いつもジャックとストラウジ商会にはお世話になっています。姉にも薬草を融通していただいているようで感謝いたします」

ディーンの丁寧なお礼にちらりとジャックを見ると、声を出さずに「父さん」と言っていた。子爵を引退して商売に全力を注いでいる父が、薬草の融通をしているようだ。

「俺はつい先日王都に帰ってきたばかりなのだが、君の姉君は優秀な薬師だと聞いているよ。何か欲しい薬草があったらいつでも言ってくれ」

優秀な薬師というよりも王の月の聖女としてセレスのことを気にかけているだなんておくびにも出さず、マリウスは笑顔でそう言った。

「ありがとうございます。マリウス様のことは僕も学園で聞きました。マリウス様たちの代のことは僕たちの代にも語り継がれていますから」

「あはは、ちょっと恥ずかしいな。あれは主に生徒会長だったアヤトの印象が強すぎただけだと思うんだけどね」

「そんなことはありませんよ。マリウス様は会計として多額の寄付金を集めてきてすごかったと聞いています。それと当時の第二王子殿下にも容赦なかったと」

「そんなこともあったねぇ」

大変だよ、陛下。どうやら貴方のことに弟くん、気が付いているみたいだよ。

当時の第二王子殿下、と言ったあたりでディーンの目が強く光った気がした。

セレスには正体を隠したままただのアヤトのお友達として一緒に旅をしていたはずなのだが、弟くんは恐らく姉が語ったであろう旅の話で同行者の正体に気が付いたのだろう。

これがウィンダリア侯爵家の天才か。

マリウスは、単純にジークフリードがセレスに本名を名乗り、セレスが何も知らずにディーンに「お姉様のお友達のジークフリードさん」と言っただけとはさすがに思いもよらず、少しの話の中から的確に物事を理解する天才だとディーンのことを評価した。

「あ、姉様！」

急に人なつっこい笑顔になって、ディーンはマリウスの背後に手を振った。

マリウスが振り返るとそこにいたのは銀の髪の少女だった。

銀の髪に深い青の瞳。間違いなく彼女が『ウィンダリアの雪月花』。ジークフリードの月の聖女。

「ディ、お帰りなさい」

弟に向けた笑顔はまだ幼さを残しているが、何にも染まっていない純粋な感じを受けた。

「あ、ジャックくんも一緒だったんだね。それと、初めまして、ですね。ディーンの姉でセレスティーナと申します」

ぺこりと頭を下げた少女にマリウスは向き直って自己紹介をした。

「初めまして、お嬢さん。マリウス・ストラウジ、ジャックの兄で商人です」

「貴方が。ジャックくんからお話は色々と聞いておりました。ストラウジ子爵でいらっしゃいますね」

ディーンと同じくストラウジ子爵と言われたので、同じように要望しておく。

「マリウス、と呼んでください。どうもストラウジ子爵と呼ばれるのは堅苦しくて」

「はい、マリウス様」

セレスがそう呼ぶと、マリウスが固まった。

セレスはマリウスが一目見ただけでちゃんとした貴族だと分かる姿をしていたので様付けしたのだが、思いもかけなかった呼び方にマリウスはとっさにまずいと思った。

「えーっとセレス嬢、出来ればその呼び方は止《や》めていただきたい。そんな呼び方されてるってバレたら無言の圧力が怖い。あ、呼び捨てで！……ってちょっと待って、もしリドが呼び捨てにされてなくて俺が先に呼び捨てにされたら、それはそれで怖いものが……！」

ぶつぶつと言い続けるマリウスに何となく察したディーンだけが、憐《あわ》れな者を見る様な目で見ていた。

「リド？　ジークフリードさんのことですか？」

「ええ、そうですよ。リドとは友人なんです」

「本当ですか？　すごい偶然ですね」

「本当ですよ。ところでセレス嬢、リドのことは何と呼んでいるのですか？」

「えっと今はジークさんと呼ばせていただいています。ジークさんも本当は貴族のご当主様だって伺ってるんですが、気さくな方ですしご本人の要望もありましたので、ジークさんと呼ばせていただいています」

セレスの顔には親しい人という以外の感情が浮かんでいない。何かジークフリードが親戚のお兄さんっぽい立ち位置にいそうだ。

「そうか、なら俺のこともマリウスさんと呼んでほしい。そうしてくれないと俺がリドに怒られてしまうんだ。ね、助けると思ってさ」

マリウスの軽く情けない感じにセレスはくすくすと笑って承諾した。

「マリウスさん、ストラウジ商会にはいつもお世話になっています。あまり数が出ていない薬草も取り扱っているのですごく有難いです」

丁寧に礼を言う姉はその雰囲気が弟と良く似ていた。確かに仲は良さそうだ。

弟の方は、姉が来てからの笑顔がすごい。

さっきまで国王陛下に対してすごく警戒していたのに。

「欲しい物があったらいつでも言ってください。我が商会の名にかけて揃えてみせますので」

「ありがとうございます。ジャックくんもいつもありがとうね」

弟と同じ年齢のジャックにはお姉さんぶっているのも可愛らしい。ジャックは喜んでいるが、ディーンの方がちょっとふてくされている。大好きな姉を取られたというような感じだ。

「マリウスさんもジャックくんもお茶でもいかがですか？　先ほど知り合いの方から紅茶を頂いたんです。異国の珍しい紅茶らしいのでご一緒にいかがですか？」

セレスが抱えていた紙袋から茶葉の入った袋を取り出した。その包装紙にマリウスも見覚えがあったが、ほとんど他国に出回らないと言われている紅茶だったはずだ。

「確かに珍しい紅茶ですね。セレス嬢、これはどちらから？」

「知り合いのデザイナーさんから頂いたんです。その方は、お兄様から頂いたそうなのですが、量が多かったそうで茶葉が湿気《しけ》ったりするともったいないから、とおっしゃって私にも下さったんです」

「なるほど」

セレスは名前こそ言わなかったが、マリウスにはそれがエルローズであることはすぐに分かった。セレスはエルローズが妹のように可愛がっているし、エルローズの兄は妹を溺愛していると有名だ。

「エルローズ嬢ですか？」

「ローズ様ともお知り合いですか？」

「ええ、ローズとは親しい友人です。学生時代を共に過ごした仲ですよ」

エルローズとジークフリードの友人だと言うとセレスは嬉しそうな顔をした。その後ろでディーンがはぁっとため息をついていた。どうやら弟くんはジークフリードに対して複雑な思いを持っているようだ。

まぁ、月の聖女である姉を守るためには最適な男かもしれないが、いかんせん聖女と因縁のある王家の男、それも現国王だ。

「俺は長い間、異国に行っていたので最近の二人の様子を知らないんですよ。よければ教えてくれませんか？」

「はい。と言っても私が知る限りになってしまいますがいいですか？」

「もちろん。普段の二人の様子を知りたいので。それにセレス嬢のことも教えてください。これから先の商品の仕入れのためにも」

公式の時の様子などいくらでも調べられる。知りたいのは素の二人の様子だ。特にエルローズの普段の様子などリヒトだって直接見たことはないだろう。リヒトの知らないエルローズの姿を知る良い機会だ。

マリウスは愛しい女性の情報と友人の想い人の情報、その両方を仕入れるべく人好きのする笑みを浮かべたのだった。

第四章　次女と十年前の出来事

セレスがアヤトに会えたのは、薬師ギルドの使いの人が来てから八日ほど経《た》った後だった。前と同じ人が使いで来てくれたのだが、その人曰《いわ》く、長が十日も休暇を取ったのは就任してから初めてのことだったらしい。事務方が色々と大変だったそうで、昨日一日はアヤトも溜《た》まった書類の片付けで忙しくしていたらしい。そして今、薬師ギルド全体での一番の悩みは長の呼び方だそうだ。

セレスが首を傾《かし》げると、会えば分かる、と言って帰っていった。

アヤトの呼び方と言えば「長」か「お姉様」の二択なのに、今更なんで呼び方で悩んでいるのだろう？　意味が分からずに薬師ギルドのアヤトの部屋に向かったのだが、途中で出会う人が皆複雑そうな顔をしているのはなぜだろう。

「セレスちゃん、この前は悪かったね。急な休暇に入ったから、しばらくギルドにも顔を出していなかったんだ」

そう言ったその人は、確かに顔だけ見ればよく見知った顔だし、薬師ギルドの長のイスに座っている以上、間違いなく薬師ギルドの長をしている師匠なのだが、本当に同じ人？　という疑問を抱いても仕方のない姿をしていた。

なにせ、今まで絶世の美女だった薬師ギルドの長が、妙な色気を纏《まと》った美貌の青年になっているのだ。

長かったゴージャスな金の髪は、頬にかかるくらいまで短く整えられていて当然化粧なんかもしていない。

服装も今までは体型を隠すように男女どちらとも言えない感じの服を着ていたのだが、今着ているのは完全なる男性の服だ。もちろんきっちり着ていてとても良く似合っているのだが、今までのアヤトしか見たことが無い身としては違和感しかない。言葉遣いも男性寄りになっているので、そんな人に「セレスちゃん」とか言われても、どちら様でしょうか？　という言葉しか浮かばなかった。

「……えーっと、お姉様？　じゃなくてお兄様？　もう、面倒くさいので師匠でいいですか？」

何があったのか知らないが、確かに〝お姉様〟が〝お兄様〟になっていた。

これが薬師ギルド全体での困惑の原因か、と納得はした。

「うん？　ま、そうだよね、この格好でお姉様とか言われてもちょっと違うかな。師匠あたりが妥当か。ってゆーか、私の扱い雑じゃない？」

心なしか声のトーンも少し低くなっている気がする。今までは外見に似合うように多少高めの声を出していたのかもしれない。外見が男性になってもたまにお姉様の言葉遣いになるのはご愛敬《あいきょう》だ。

「じゃあ、師匠で。私のことも呼び捨てでお願いします。その姿の方にちゃん付けで呼ばれても違和感しかなくって……でも、何の心境の変化ですか？」

「そういうもんかな？　セレスがそれでいいならこれからは呼び捨てにするよ。心境……というか、ずっとあの姿でいたのは、一目惚《ひとめぼ》れした人が初めてしゃべった時に、あの姿が似合うって褒めてくれたからだったんだよ。さすがの私も学生時代に一度、女装を止《や》めようかどうしようか悩んだんだけど、彼女が似合うって言ってくれたからそのまま貫いてきたんだ」

「えーっと、では止めた理由は……」

「ようやく恋人になってくれた彼女が長い髪の男は嫌いだって言ったから」

あれ？　学生時代に出会ったのに今ようやくお付き合い開始……？　ひょっとして師匠はヘタレだったのかな……？

セレスはアヤトの年齢を思い出し、最低でも十年は片想《かたおも》いしてたんだ……それに長い髪嫌いって言われたらすっぱり切るって何か凄《すご》い、と妙な感心をしてしまった。

「師匠って意外と一途《いちず》な人だったんですね」

「自分でもこんなに長くかかるとは思わなかったよ。彼女がまだ結婚してなかったのが奇跡かな」

「……師匠、まさか妙な手を使ったりは……？」

「してないから。ちゃんと告白しました」

今回は順序を間違えていない。ちゃんと口説いて告白して返事を貰《もら》ってからだから問題はない。

「本当ですか？」

思わずじーっとアヤトを見つめてしまった。この師匠が女性を口説く姿とか全く想像が付かない。

まして告白とか自分からするタイプにはあまり見えない。どちらかと言うと、周囲に思いっきり策を巡らせて、向こうから告白させるように仕向けるくらいはしそうな気がする。

「したよ、ちゃんと。セレスが何を考えたのかはなんとなーく分かるけど、いくら私でも策をスルーしたあげくに見当違いの方向にいって、私の想いに一切気が付かない人間に対しては真正面からいくしかないよ。向こうから来るのを待ってたら確実に手の届かない人になるし、彼女は彼女で自分の想いを隠しちゃう人だからね」

すでに一度、逃げられている身としては今度は絶対に逃がす気はない。必要なら今すぐ婚姻届を取りに行っても良いくらいだ。間違いなく怒られるけど。

「鈍い方なんですか？」

「まぁ、私が悪かったんだけど、彼女自身は周囲に対してすごく気を遣う人だよ。だけど学生時代に色々あって、自分に向けられる異性からの好意に関しては信じていないというか、自分が恋愛対象になるとは考えていなかったみたいなんだよ」

家族も含めて、彼女の周りにいた男性は全て義妹の言いなりになっていた。ユーフェミアにしてみれば、最初は自分のことを気にかけてくれていてもすぐに義妹に靡《なび》く男たちの言葉など何の意味もないものだったのだろう。義妹に靡いていなかったこっちのことは信用してほしかったな、と思ったが、当時のアヤトはユーフェミアは義妹側の人間だと思っていたし、会えば冷たい言葉しかかけていなかったので信頼なんて全くないのも仕方なかった。何度思い返してみても、あの頃の自分を叱り飛ばしたい気持ちになる。

「告白もしたし、これからちゃんと恋人として付き合っていくことで合意も得ている。問題はないよ」

満足気なアヤトにセレスは、もし師匠の恋人が泣いていたら絶対に彼女の味方をしようと心に決めた。

◆

アヤトがセレスに力説しているちょうどその時、吉祥楼《きっしょうろう》ではユーフェミアがパメラ相手に愚痴っていた。

「長い髪が嫌いって言ったらその場で切って、あの綺麗《きれい》な顔で聞いてる方が恥ずかしい言葉を惜しげもなくがんがん言ってくる相手に陥落するな、と言う方が無理。なんでアヤトってあんなに流れるように色んな言葉が出てくるのよ。目をそらそうとしても許してくれないし、顎クイなんて生まれて初めてされたわ」

「……それはノロケなの？　アヤト様、すごいわねー。花街っていう場所柄、色んな口説き文句に慣れてるはずのユーフェが恥ずかしいとか言っちゃうくらいの言葉の数々が出てくるのね。恋愛初心者のユーフェじゃすぐに落ちるわよ。それで、十日間も何してたの？」

「……教えない」

「今現在、ベッドの上の住人のくせに教えないも何もないでしょう。うふふふふ」

「なら聞かないで！」

へろへろの状態で帰ってきてからベッドの上の住民と化しているユーフェミアは、パメラの言葉、というよりもアヤトとのあれこれを思い出しては顔を赤くしていた。そんなユーフェミアは同性のパメラから見ても可愛《かわい》かったので、あれだけ長い間ユーフェミアのことを想っていたアヤトの理性などきっと簡単に吹き飛んだと思われる。

今までは「アヤト様」と呼んでいたのに帰ってきてからは「アヤト」と呼んでいるのだが、ものすごく自然に淀《よど》みなく呼んでいるので呼び捨てに慣れるまで呼ばされ続けたんだろうなぁ、とか顔をにやつかせながらパメラは想像を膨らませていた。

「何よ、そのにやけた顔は」

「あら、にやけてたかしら？　そうねぇ、愛の女神様の神殿には多めに寄付金を出しておこうかしら」

「くっ……出していいわ」

否定出来ないユーフェミアに、パメラは声を出して笑った。

「あはははは、久しぶりに見たわねー、そんな顔。貴女《あなた》ってば他人ばかり優先してきたんだから、もうそろそろ自分の幸せを考えなさいな。せっかくアヤト様とそういう関係になったんだから、もう逃げないでね」

「別に自分の幸せを後回しにしてきた訳じゃないわよ。結果的にそうなってただけで、私だって自分のことは考えてたわ」

「結果、十年も彷徨《さまよ》ってたのね」

「……アヤトだけが私の幸せじゃないわ」

「そうかもね。でもアヤト様しかダメだったんでしょう？」

同じ年齢なのに妙にパメラがお姉さんぶってくる。確かにこの十年の間にユーフェミアを口説いて来た男性がいなかった訳じゃない。中には結婚を前提に、という男性もいた。花街のお店のオーナーだからと言ってお断りしても、しつこく付きまとって来られて困ったこともある。

でもどの男性にも心は動かなかった。このまま一生独身でいようと思ってもいた。

「あれから十年も経ったし、私たちもあの時みたいに子供じゃないわ。親もうるさい親族もいない。アヤト様の方はあっちが何とでもするでしょ。だから、ね？」

パメラの目がとても優しい。この友人はいつだってユーフェミアのことを案じてくれていた。

ユーフェミアにしてみれば、パメラこそ自分の幸せを追求してほしいのに。

「仕方ないわね。パメラがそう言うのなら、しばらくアヤトに付き合ってあげるわ」

しばらくがどれくらいの間になるか分からないけれど。

茶目っ気たっぷりな瞳でユーフェミアがそう言うと、パメラはころころと笑った。

「あらあらアヤト様ってば可哀想《かわいそう》に。貴女とお付き合いするのには、私の許可がいるのね」

「そうよ。貴女との付き合いは十年以上。それも公私ともにずっと一緒にいたんだから、女の友情は固いのよ」

二人は同時にぷっと吹き出すと笑いあった。

◆

一方、すっきりした顔で長年のこじらせていた想いを解消したアヤトの方は大変ご機嫌だった。

「セレスも好きな人に何か言われたら叶《かな》えてあげたいと思うだろう？」

「好きな人、ですか……」

「セレスにはいない？　好きな人」

この前、パメラに聞かれた時は即答でいないと答えたが、アヤトに改めて聞かれたセレスは真剣に自分の好きな人って誰だろう？　と悩み始めた。

「ディは弟だから好きだし、師匠もローズ様もお兄ちゃんやお姉ちゃんみたいで好きだし、じいたちウィンダリア侯爵家の使用人の皆も大好きだし……」

セレスがぶつぶつと呟《つぶや》いている名前に、肝心のジークフリードの名前が出てこない。

この国、というか世界の平和のためにもセレスにはぜひともジークフリードの名前を呼んでほしい。セレスに名前を呼ばれた瞬間に、どこからともなく現れそうで、とても怖いが気にするな。

「身内は却下。他に誰かいない？」

「他、ですか……あ、ジークさん……って私の何でしょう？」

ようやく名前が出てきたのに、思いっきり疑問形で首を傾げたセレスを見てアヤトはため息をついた。

思春期未満の超恋愛初心者、というかお子様のセレスでは、まだまだジークフリードの想いなんか理解出来ないだろう。まあ、そこはそれ。幼い感情を自分の手で育てる楽しみもあるのだろう、多分。

それと同時にまだまだお子様なセレスに正直、少しほっとした。可愛い弟子の相手として色んな意味でジークフリードは申し分ないのだが、ぽっと出の友人にすぐに連れていかれるのはちょっと嫌だ。セレスは自分のやりたいことを始めたばかりなので、ジークフリードを思う存分振り回せばいい。惚《ほ》れた弱みでジークフリードも付き合ってくれるだろう。

「リド……ジークフリードがセレスにとってどんな存在になるかはこれから次第のようだね。師匠として言わせてもらえば、可愛い弟子に変な男が近寄るよりは全然いいんだけど、だからといってリドに独占されるのは嫌だな。ま、セレスが我慢することは一切ないけどジークフリードのことはゆっくり考えてあげてほしいかな」

「……はい。少し、考えてみます」

「うん。今はその程度でいいんじゃないかな」

ジークフリードは、指先一本分くらいはセレスの中の特別枠に入り込めているだろう。

今はそれでいい。だけどいつかその想いが変化する時が来たら、変な風にこじれなければいいなと思う。こじれるのは自分たちだけで十分なので、私たちのようになってほしくはないな、と思いながらアヤトは話を変えた。

「それでユーフェから聞いたんだけど、この香水、セレスが作った物だって？」

アヤトの前に置かれているのは間違いなくセレスが作った物でユーフェミアに渡したものだ。

あれ？　何でユーフェさんに渡した物を、ずっと休暇に入っていたはずの師匠が持ってるんだろう？　しかも愛称呼びしてなかったはずなのにユーフェって呼んでるし……そう言えばパメラさんからしばらくユーフェさんに会えないって言われたっけ……、と次々に疑問がいっぱい溢《あふ》れてきたがセレスは何も気付かなかったことにした。

「あ、はい。そうです。ユーフェさんがちょっと気になったそうで預からせてほしいって」

「それもユーフェから聞いたよ。結論から言うと、この香水は十年前にとある女性が使っていた匂いによく似ているんだ。セレスは詳しくは知らないと思うけど、十年前、この国で魅了の薬を使った大規模な事件が起こったことがあってね。魅了の薬はその事件の主犯である少女が主に香水として使用していた。これはその匂いに良く似ているんだよ」

「十年前、ですか？」

「そう。セレスに教えるかどうか迷ったんだけど、こうして偶然同じ匂いの香水を作ったように、いつか偶然にでも魅了の薬を作ってしまいそうだから、事件のことを教えておいた方がいいと判断したんだ」

本当はまだ教えるつもりは無かったのだが、セレスは薬草の女神でもある月の女神の愛娘《まなむすめ》だ。魅了の薬を作り出すこともきっと簡単に出来てしまう。

セレス自身はそれを悪用したりする子ではないが、偶然でも作り出した物には作った者としての責任が生じる。その薬を悪用されたらどうなるかというのは教えておいた方がいい。

「長くなるからそっちに座って」

ソファーにセレスが座ると、アヤトは自ら紅茶を淹《い》れて向かい側に座った。

「十年前、学園に通っていた私たちの二つ下に一人の少女がいた。少女の名前は、リリーベル・ソレイユ。ユーフェの義妹に当たる少女だったが、色々あって曽祖父のもとにいたユーフェは家を出て以来、全く交流がなかったそうだよ。最初、リリーベルは当時生徒会の役員だった私たちの前に現れたんだ。彼女が主に狙っていたのはリドだったんだが、リドが全く相手にしていなくてね、それでもしつこくリドに付きまとっていた彼女からはこの香水に良く似た匂いがしていた。どうやらそれが魅了の薬を香水にした物だったらしいんだが、私たちには全く効かなかったんだよ」

アヤトは当時を思い出したのかどこか遠い目をしていた。

「リリーベルは、生徒会の面々、特にリドが自分の思い通りに動いてくれなくて戸惑っているようだった。ユーフェに聞いたが、彼女の願いは何でも父親や周囲の男たちが叶えてくれていたそうだから、彼女にとって自分を特別扱いしない生徒会の面々は、いつの間にかどうしても手に入れたい存在になっていたようなんだ」

「……何か、子供みたいな方ですね」

「そうだね。実際、リリーベルはわがままな子供だったよ。外見は儚《はかな》い美少女だったんだが、ところどころに現れる言動や欲望丸出しの目は自己中心的な性格をよく表してたな。それを隠すのが上《う》手《ま》くて、彼女がいいって男たちがよく言っていたのは、『あれほど優しい性格をしているリリを信じないなんて』だったかな。ユーフェの方が何倍も優しくて美人なのに」

……一度、考えるのを止めていたが、どう考えても師匠の最愛の女性はユーフェミアだ。十年前、その義妹の事件が起こった時にユーフェミアは師匠のもとからいなくなったのだろう。それが偶然なのか何なのかセレスと知り合ってその師匠であるアヤトと再会して見事に復縁（？）したようだ。

そしてきっと師匠はもうユーフェミアを離す気はないだろう。

「……師匠」

「何？」

「花嫁のブーケはぜひ私に作らせてください」

「花嫁のブーケ？　何それ？」

唐突に言い出したセレスに思わず返事をしたが、花嫁のブーケって何？　そんな言葉は聞いたことがない。普通の結婚式では、花嫁は花束は持たずにおめかしした子供たちが花を周りに撒《ま》くのだ。その花を手に入れると幸運が訪れると言われている。それも貴族たちや裕福な庶民の結婚式だけで、大抵の人は神殿に行って司祭の前でお互いに誓い合って終了だ。

一方、セレスも内心で、あれ？　これってひょっとして異世界の習慣で、こっちの方ではないのかな？　と思ったのだが、言葉に出した以上、説明は必要だし、今までなかったのならこれからやればいいだけの話だと割り切った。こっちの住人であるセレスにその知識があるのならそれはこっちでも使って良い知識なのだ、と最近は思うようにしている。

「花嫁さんが結婚式の時に持つ花束です。白の花を基調にしたものが多いんですが、好きな花や色、思い出、それに花言葉などから選ぶ人がいるそうです。それで式の最後に後ろ向きでその花束を、来てくれたまだ独身の女性の方たちに向かって投げるんです。それを取った人が次の花嫁になれるという言い伝えがあるんですよ」

「へぇ、面白い言い伝えだね。いいね、ユーフェのドレスはローズに頼むつもりだから、ドレスに合わせて作ってほしいな」

「はい。ユーフェさんの好きな花とか聞いておきますね」

もはや何の違和感もなくセレスはアヤトの恋人の名前をはっきりと呼んだ。

「そうだな、その時はセレスに頼むよ。で、話を戻すけど、リリーベル・ソレイユは生徒会の面々が自分の思い通りにならないと見ると、まずは下位の貴族から落とし始めたんだ。最初は、男爵や子爵家の者。次に伯爵家、侯爵家、と次々により高位の貴族へと乗り換えて行ったんだよ。そのため、女性陣からはすごく嫌われていたね」

女性陣の嫌悪などものともせずに、リリーベルはただひたすら高位貴族を落としにかかっていた。その執念はすさまじいものがあった。どうしてそこまで高位貴族にこだわったのかは知らないが、彼女はより高い地位の人間ばかりを狙っていた。

「まぁ、当然と言えば当然なんだけど、リリーベルに落ちた貴族の中には彼女たちの婚約者だっていたんだ。たしか卒業式の前までには半分くらいは婚約解消してたかな？　おかげであの世代の男性陣の未婚率はものすごく高くて、おまけにリリーベル絡みで婚約解消に至った男は信用なしっていう評判が立っちゃったからご令嬢方の見る目が厳しかったことに加えて親世代が許さなくてねー、信用を失うということは領地の運営や商売にも影響を与えるから貴族たちの見る目はさらに厳しいものになったんだよ」

リリーベルは魅了の香水を身に纏い、落としたい男に甘く都合の良い言葉だけをささやいていた。

それは様々な場所で見られた光景だった。

学園内であったり公園であったり、時には誰かの家の中であったり、多くの男性に微笑《ほほえ》んで心地よい言葉だけを甘くささやくリリーベルは、彼らにしてみれば自分の味方であり最大の理解者であり守るべき女神とも言える存在になっていた。

当然、婚約者だった女性たちはリリーベルに抗議をしたが、いつだってその場にいる男性たちが彼女の味方をしていたので、女性たちからはかなり嫌われていた。

「そんな中でリリーベルは、リドの兄に出会ったんだ。セレスはリドのお兄さんについて聞いた？」

「少しだけ。幻覚としてジークさんの前に現れたらしくて、その時に」

「……リドのお兄さんは、あの日、たまたま視察で学園を訪れていたんだ。学園をとっくの昔に卒業して奥さんと子供もいる身だったから本来ならリリーベルと関わることはなかったはずだったんだけど、あの日、リドのお兄さん……フィルバート様は学園に来てリリーベルに出会ったんだ」

当時の王太子フィルバートは公務の一環として学園の視察に訪れていた。弟から聞いたおかしな少女にほんの少しだけ好奇心を持って、その姿を一目見られたらいいな、くらいの感じで来ていたらしい。

それが見られたらいいな、どころか出会ったその日から彼女に夢中になっていた。王宮に帰ってすぐにリリーベルに密《ひそ》かに護衛の影を付ける程度には。

その影たちもすぐにリリーベルに夢中になったらしく、一時期、王側と王太子側の影たちの間には大きな溝が出来ていたほどだったと聞いている。当然、事が済んだ後にその影たちは処分されたが、今でも影たちの間ではその当時の出来事は悪い見本として語り継がれている。王家の影ともなればその手の精神に作用する薬など効かないように訓練されていたのだが、リリーベルの使用した薬は今までの薬と全く成分が違っていたためか、影たちさえも虜《とりこ》に出来ていたようだった。

「疑問なのですが、どうして師匠やジークさんにはリリーベルさんの薬は効かなかったんですか？」

それは話を聞いた時からずっと思っていた疑問だった。リリーベルが落とそうと思った人間には軒並み効いていたはずの薬がなぜか一部の人間には効いていない。

「……それねー、私もずっと疑問に思ってたんだけど……ユーフェと話をしていて思い出した……というか、多分、忘れるようにされていたんだと思うんだけど……」

それは、リリーベルが現れるずっと前、どころかまだ学園に通ってもいない幼い頃の出来事で、正直アヤトは忘れていた。けれど、ユーフェミアの方が覚えていた。アヤトはユーフェミアとは学園で初めて会ったと思っていたのだが、ユーフェミアはしゃべったりこそしなかったが、会ったのはもっと小さい頃だったと教えてくれた。

「昔、小さい頃、リドのお母様がリドにお友達を作ろうと思って、子供たちを招いてお茶会を開いたことがあったんだよね。その時、リドの年齢に近い子供たちはほとんどの子が招待されてて、もちろん私もユーフェもパメラもいたんだ」

堅苦しい王宮ではなくて、ジークフリードの母、今の王太后の実家の庭で行われたそのお茶会にはほとんどの貴族の子供が招待されていた。爵位に関係なく貴族の子供なら招待されていたそのお茶会の参加者は、子供とその保護者が来ていたので人数が多かったが、四大公爵家の一つが所有するその屋敷は広大な庭を持ち、狭さなど一切感じなかった。

「リドのお母様は子供たちが退屈しなくてお友達が出来るように、ちょっとした宝探しを企画してくれていたんだ。ルールは簡単、色の書かれた紙が庭の中に隠してあるから、それを探してくれれば紙に書かれた色によってお菓子をくれる、というすごく単純な宝探しだったよ。……庭は広いけれど迷子にならないようにあちらこちらに侍女や警備の者たちがいたのに、気が付いたら私たちは小さな神殿の前にいた。全員、手に『銀』と書かれた紙を持ってね」

そこから先は不思議体験とも言うべきものだった。思い出したからそう言えるが、つい先日までは思い出しもしなかった出来事だ。

「そこにいたのは、銀色の髪と深い青の瞳を持つ女性。恐らくは『ウィンダリアの雪月花《せつげつか》』と呼ばれた方のお一人。多分、あの口ぶりからすると最初の方だと思うんだけど……」

姿形、振る舞いまでも美しい女性だったが、その青い瞳で見られると、全てを見透かされているような感覚を覚えた。それに彼女に捕らえられてしまうような感じがして幼心に怖かった。

◆

「ふふ、怖がることはありませんよ、子供たち。わたくしは貴方《あなた》たちを傷つける者ではありません。強いて言えば……そうですね、過去の残滓《ざんし》のような存在。女神様からの贈り物を運ぶ者とでも思ってください」

そう言われても怖いものは怖い。そこには数人の子供たちがいたのだが、どことなく不安そうな顔をしていた。だがその場の空気を読む気もないであろう圧倒的な美貌を持つ綺麗なお姉さんは、マイペースに子供たちの前に来るとすっと手を差し伸べた。

「さぁ、子供たち。貴方たちの持って来た紙を見せてください」

にっこり笑った顔でさえどことなく恐怖感を与えたのだが、その言葉に真っ先に反応して女性に紙を見せたのはジークフリードだった。

「貴方、あの方の血を継ぐ者ですね。ふふ、面白いこと。長い月日が経っているというのに貴方はそっくりです。……これは全てわたくしたちの出会いから始まっています。ならば、わたくしたちの『最後の聖女』に貴方が関わるのは当然のことかもしれませんね。……全員の紙を確認いたしました。正真正銘これは『幼き聖女』の残した物です。資格ありの印ですね。貴方方にはこれを差し上げましょう」

そう言ってそのお姉さんは子供たち一人一人に銀色の飴《あめ》をくれた。それも手にした飴を一人ずつ「あーんして」と言いながら若干青ざめた顔色をしていた子供たちの口の中に次々と放り込んでいったのだ。

「これは、月の女神様からの贈り物です。この飴には貴方方が異常な状態に陥るのを避ける効果があります。期間は……そうですね、ざっと二十年ほどは持つかと思います。もしまた必要な時が来たのならば女神様がわたくしたちの誰かを寄こしてくれるでしょう。いえ、二十年後だともう『最後の聖女』が作れるはずです」

なんでもないことのようにさらっと言われたが、そんな効果のある飴など聞いたことがない。

「警戒することはありませんよ、ティターニアの子。ティターニア公爵家には昔、わたくしの妹の一人を助けてもらった恩があります。あの娘以降、聖女たちの扱いが格段に変わりました。感謝しているのです。だからこそ、女神様もあの地を薬草で満たすことをお許しくださった。月の女神様は不甲斐《ふがい》ない娘であるわたくしたちを見捨てずに見守ってくださっています。最初であるわたくしは最後であるあの娘と直接、言葉を交わして助けてあげられることはないでしょうが、こうして協力者たちを助けることは出来るのです……」

正直、その場にいる誰もがお姉さんの言っている言葉の意味が全く理解出来ていなかった。そもそも『最後の聖女』とかってどこの誰だ、という話だし、最初って何の最初なのか分からない。

唯一理解出来たのは、この銀の飴が月の女神からの贈り物だということくらいだ。

「……大人になって、ひどいと思うかもしれないけれど、わたくしたちにとって大切なのは『最後の聖女』。あの一族から解放される最後の機会なのです。どうか、恨むのならわたくしを恨んでください。月の聖女であり『ウィンダリアの雪月花』と呼ばれたわたくしを」

すっとリドの頬を撫《な》でると、お姉さんは立ち上がった。

「……直接的にせよ間接的にせよ、今ここにいる方々はわたくしたちの大切な『最後の聖女』に関わることになるでしょう……今日のことはお忘れなさい。いえ、覚えておかなければいけない子もいるのね。でもそれ以外の子たちにとっては、今は不要な記憶です。いつか必要な時に思い出すでしょう。もう会うこともないでしょうが、貴方方の幸せを祈っているわ。そして、どうか、いつか出会う最後の『ウィンダリアの雪月花』のことをよろしくね」

ふふふ、と笑ったお姉さんの首元には美しい青色の宝石が輝いていた。大ぶりな青色の宝石——恐らくサファイア——は三日月の縁取りをされていて、そこには小さなダイヤモンドなどがあしらわれていた。一目で高価な品物だと分かり、宝石だけ見ると夜会や公式の行事にふさわしいペンダントなのだが、そこから垂れ下がった黒猫の形をしたペンダントトップが一気に高級感を台無しにしていた。それがあることによってカジュアル感が増して、一体いつどんな状況の時に身につければ良いのか全く分からない代物となっていた。

そのペンダントをそっと触りながら綺麗な微笑みを見せてくれたお姉さんは今、目の前にいる少女によく似ていた。きっともう少し大人になったらあんな感じになるのだろう。

◆

「……彼女が本当に初代の『ウィンダリアの雪月花』でセレスのご先祖に当たる方かどうかは分からないけれど、あの時貰った銀色の飴くらいしか原因が思いつかない。……雪月花という花についてはどこまで知ってる？」

「一応、私がらみの花ですから一通りは調べました。基本的に真冬の雪山に満月の夜、たった一夜だけ咲く青い花。その花は万病に効く薬と言われているけれど、普通の人間では触ることすら出来ない。触ることが出来るのは月の女神の愛娘である聖女だけ」

「そう、雪月花が咲く雪山はウィンダリア侯爵家の領地の中でも最も奥まった場所にある険しい山脈の一部。そこは月の女神の聖地とされている場所で、たとえ国王といえど女神の許可が無い者は一切入ることが出来ない場所。万年、雪と氷に閉ざされた山だけれど、たった一人、『ウィンダリアの雪月花』だけがその山に入っても何の支障もなく、願った薬草を採ってくることが出来る。雪山全体が女神から愛娘への贈り物で、その中でも雪月花は最大の贈り物と言われてるね。その花は青、その実や花粉は銀。歴代の月の聖女が必ず髪と瞳に持つ色合いは、聖地に入ることが出来る鍵の印だとも言われている」

その存在自体に謎が多い『ウィンダリアの雪月花』。歴代の月の聖女たちが何を考えて、どう思っていたのか、ティターニア公爵家の者として生まれたアヤトは、家の書庫の中に隠されていた日記を読んで少しだけ知っていた。それはほんの数年、領地に滞在した当時の聖女が残した日記から知ってしまったもので、その伝説とは全く違う内容は、リヒトにも知らせていないアヤトだけが知る秘密だ。

彼女の日記には、最初の月の聖女と国王、そしてウィンダリア侯爵との出会いや確執などが書かれていた。そして日記の最後には彼女の想《おも》いが書かれていたのだ。

『せめて最後の娘だけは解放してあげたい。私たちはそのために少しでも手助けを……』

私たちとは、歴代の月の聖女。そして最後の娘は……恐らく今現在、目の前にいる月の聖女のことだろう。

『ウィンダリアの雪月花』たちにとって、リリーベルが起こした事件さえも最後の娘を解放するための一つの要因に過ぎなかったのだろう。だからこそ必要な人物には引っかからないように予《あらかじ》め耐性を付けさせた。

こう考えると歴代の『ウィンダリアの雪月花』たちの儚いイメージががらがらと音を立てて崩れ落ちていき、策略家軍団じゃん、とさえ思えてくる。各々がその短い命の間に、やれることをやった、そんな感じだ。

「……銀の飴のおかげか、私やリドたちはリリーベルに落ちなかったんだけど、大勢の男性が落ちたおかげで、一時期、学園内はリリーベル派が大部分を占めていたと言っても過言ではなかったよ」

月の聖女たちが守りたかったのはセレスティーナだけだ。そのためにアヤトやジークフリードは守られた。日記を読むと、歴代の『ウィンダリアの雪月花』たちはある程度の記憶の共有のようなものがあったようだ。だから、誰かが見た未来視の記憶もその次の世代へと引き継がれていた。

だが、セレスティーナにはその記憶が全くない。まるで『ウィンダリアの雪月花』であることを忘れようとしているかのように、今までの月の聖女たちが持っていた能力そのものが失われている気がする。

代わりにあるのは、ウィンダリア侯爵家との希薄なまでの関係性と、侯爵家に頼らずに生きていけるだけの能力だ。

「何にせよ、リリーベル・ソレイユは禁止薬物である魅了の薬を使い、王国に混乱をもたらした罪で裁かれた……。とはいえ、本人は裁かれる前に死んでしまったけどね。その時にリドのお兄さんも亡くなったんだ。最後はリドがその手で彼らを送ったんだよ……」

今でも思い出す。

リリーベルの信者の一人の屋敷にジークフリードとエルローズが連れて行かれたと知って急いで騎士団と共に突入した時、部屋の中でジークフリードはその手に血塗《ちまみ》れの剣を持って立っていた。その傍らでエルローズがこわばった顔をしていたが、決して目をそらさずにしっかりとその光景を見ていた。彼らの前に血塗れで倒れていたのは、フィルバートとリリーベルだった。

リリーベル・ソレイユという少女が自分勝手な思いで起こした事件は最悪の形で幕を閉じた。

魅了の薬で洗脳され言いなりになっていた人物を誰一人として救うことが出来ず、彼らはリリーベルと共に逝った。僅かに生き残った者たちはすでに正気を保っておらず、家族によって幽閉されたりしてここ何年かで全員亡くなったらしい。

「……そのリリーベルさんがどうしてそんなことを起こそうと思ったのかは分かりませんが、魅了の薬が使われて、師匠たちは月の女神様に助けられた。そして、ジークさんがその手でお兄さんを殺《あや》めた、ということですね」

「あっさり言うとそんな感じ。ジークフリードが怖い？」

「どうしてですか？　申し訳ないのですが……私にとって大切なのは今のジークさんや師匠たちです。生きていてくれて良かった、という思いだけです。その……薄情かと思われるかもしれませんが、当時を経験していない私には、生きていてくれたからこそ出会えた師匠たちの方が大切なんです」

「……そうだね。話や事件を伝えることは出来るけど、経験はさせてあげられないから。生きているから出会えた、か。その通りだよ」

色々な思惑が入り交じっていたかもしれないが、こうしてセレスを弟子にしたことも、ユーフェミアといちゃつけたのも生きているからこそ、だ。月の女神や『ウィンダリアの雪月花』たちの願った『最後の聖女』の解放とやらがどういう状況なのか分からないが、少なくともセレスティーナは今を自由に生きている。それにアヤトにとって大切な存在は今も生きている。あの時、最初の『ウィンダリアの雪月花』が恨むなら自分を、と言っていたが、アヤトにはそんな気持ちは一切なかった。

◆

子供たちが去った神殿は一気に静かになった。

騒ぐような子供はいなかったが、基本的に大人しかいないこの場所に大人数の子供たちがいただけで普段とは全く違う雰囲気を醸し出していた。

最初の月の聖女である女性は、久しぶりに寂しいという気分を味わっていた。

「気は済んだか？」

神殿の中から現れたのは、黒い髪の男性だった。戦場において剣を振るうのがとても似合うような男性。

さっきまでいた子供たちの内の一人に、面差しがとても良く似ていた。

「……違うわね。あの子が貴方に良く似ているのね」

「ああ、あの子か。チラッと見たが、面白いよな。俺としては、ぜひともあの子供に射止めてもらいたいものだ」

「わたくしたちとは、何もかもが全く違うわ」

時代も聖女に関することも全然違っている。そもそも片方はまだ生まれてもいない。最後の子が生まれた後に干渉したら何かしらの歪《ひず》みを残しそうだったので、こうしてあの子が生まれる前に干渉して土台作りに励んでいるのだ。

月の聖女は、一世代に一人だけ。

あの子が生まれたら、その時代の聖女は彼女一人だけになる。

それなのに別の聖女が絡んでしまったら歪みが出かねない。

彼女がまだ生まれていなくて、彼女に関わるであろう人間たちに干渉出来るのは今この時をおいて他にないと思ったからこそ、先代の月の聖女に選別する紙を残すように頼んだのだ。

「回りくどい方法だったな」

「仕方ないわ。月の聖女が同時に二人存在するわけにはいかないもの」

可愛い妹のためにも一生懸命仕込みをしなくては、そう思ってふと気が付いた。

「よく考えたら、元凶って貴方？」

「無罪を主張します。ああ、でも君がそうやって笑えるようになったのは俺のおかげかな」

色々あったが、こうして傍《そば》にいられるのならばそれでいい。それに感情豊かになってくれたのだから上出来だろう。

「自信家ね」

「そうでもないとやってられなかったんだよ」

「外見が貴方に良く似ていてさらに内面まで貴方に良く似ていたら、あの子が苦労してしまうわ」

嘆く聖女に男性は笑いかけた。

「最後の子の内面が君に似ていたら、あいつは苦労するだろうよ。あー、でも外からしっかり固めて囲い込みそうだな。それはそれで羨ましいな」

自分には出来なかったことをやりそうな気がする。

「外見が俺と君にそっくりなら、こういう出会いもあったのかもね、的な感じで見ていようよ。もしかして、とか想像すると楽しいだろう？」

「もう、本当に仕方ないわね」

呆《あき》れた声を出した聖女にもう一度微笑むと、男性は子供たちが出て行った方を見た。

「俺と同じ過ちはするなよ。お前の聖女を絶対にその手で守れ」

この言葉が届くことはないと分かっていても、言わずにはいられなかった。

第五章　次女と花街

お姉様からお兄様になった師匠から十年前の話を聞いて、セレスなりに少しだけその事件のことを調べてみた。

多くの貴族が関わっていたせいか事件そのものが隠されていて、あまり詳しい内容を記したものなどはなかったが、それでも庶民の間でも何となく何かがあったということは分かっていたらしく、ガーデンのご近所さんたちは、嘘《うそ》か本当かは分からないが当時あった噂話《うわさばなし》などを教えてくれた。

「確か、貴族の少女を巡って大勢の男性が亡くなったんじゃなかったっけ。ちょうど前の国王陛下と王太子殿下が病気で亡くなって今の陛下が戴冠なさった頃だったかな。その少女に関わっていた貴族の家がたくさん潰れたって聞いたよ」

「噂によるとその少女ってのが魔女で、なんでも陛下さえも操ろうとしたって聞いたよ」

「そういやぁ、うちのバカ共が花街に貴族の女性が大勢売られたらしいって話を聞いて、行こうとしたのを止めたっけ」

「なんだっけー、どっかの屋敷に夜な夜な集まって怪しい薬を作ってたって聞いた覚えが」

ご近所さんたちから聞いた話の多くは、こんな感じだった。よくある噂話というやつだろう。気を付けないといけないのは、たまにこういった噂話の中に重要な情報が交じっている時があるということだが、それを判断出来るほどセレスは十年前の事件については知らなかった。

大図書館にも行ってみたが、やはり事件のことを書き記した資料などはなかった。

セレスも貴族の一人として学園に通っていたが、学園でもそんな話は聞いたことがない。……お友達が少なく、薬師になることしか頭になかったセレスが聞き逃していた可能性は十分にあるが、もし〝魅了の薬〟なんて言葉が聞こえてきたらセレスはすぐに食いついていただろうから、少なくとも授業などでは教えてもらっていない。

「ユーフェさんなら違う視点から教えてくれるかな」

アヤトから聞いた限りだと首謀者の少女はユーフェミアの義妹だということだから、ユーフェミア視点の話も聞いてみたい。出来ればどこで魅了の薬について知ったのかとか作り方とかも聞きたいが、姉妹の仲は微妙だったらしい。

「よし、ユーフェさんに会いに行こう」

ここで悩んでいても結論は出ないので、セレスは仕事を片付けると花街へ行くことにした。まだ日は高いので一人で行っても大丈夫だろう。心配なのはこの前の薬師の青年に絡まれることだが、大通りを行けばいかつい顔のお兄さんたちが見守っていてくれるので大丈夫だと信じて出かけることにした。はっきり言って、あの薬師に出会おうが事件に対する好奇心の方が勝っている。それに師匠の恋人になったユーフェミアに会いたいという気持ちもあった。

「えっと、一応、ディには書き置きをしていけばいっか」

机の上に花街に出かける旨の書き置きを置いた。これでディーン対策は大丈夫だ。帰って来てから怒られるのは確定だけど、何も言わずに出かけるよりは少しはマシなはずだ。

セレスは、出かける時には必ず持っていく簡易セットなどを持って家を出た。

簡易セットの中身は、一般的な熱冷ましや傷薬などのよくある症状に対応出来る薬や小さな調剤道具などが入っている。なぜか出かける先で病人によく出会うので、必ず持ち歩いているセットだ。

王都に戻って来てからセレスは、髪の色を黒に染めることは止《や》めていた。自前の色である銀色にしていることが多いが、この間は思い切って金髪にしたところ薬師仲間からの受けが案外良かったので、今度はエルローズと同じ様な真紅に染めてみるのもいいかもしれないと密《ひそ》かに思っていた。

黒色以外の色に染めるのもけっこう楽しいので、他の人たちがどんな色に染めているのか出かけるたびに観察していた。最近は淡い色合いの人たちも多いのだが、先日見た紫色の髪の毛の人は、色が濃い紫ですごく艶々した髪の毛だったのでちょっと毒っぽいなと思ったのは秘密だ。同じ紫でもジークフリードの瞳の色はとても綺麗《きれい》だと思うのだが。

セレスの本日の髪色は、普通の銀髪だ。

花街では、月の女神にあやかって銀の髪色をしている女性が多いのでそれほど目立つことはない。

ユーフェミアのお店である吉祥楼《きっしょうろう》ではつい先日、全員銀髪にして、『第一回、あなたの女神は誰だゲーム』というのを開催したらしい。ご贔屓《ひいき》さんが後ろ向きで並んだ女性たちの中から後ろ姿だけを見て目当ての女性を当てるという簡単なゲームだった。外すと女性の好きな物を一つ奢《おご》るというゲームだったのだが、案外好評だったらしく次回の開催も予定しているとパメラが笑いながら教えてくれた。

おかげで今の吉祥楼は銀髪女性が多く、セレスが紛れ込んでも目立たなくて済んでいる。

「あらセレスちゃん、いらっしゃい」

吉祥楼に行くと出迎えてくれたのはパメラだった。さすがに表に立つ女性ではないパメラは銀髪にはしていない。

「パメラさん、ユーフェさんに会いにきたんですがいらっしゃいますか？」

「ええ、いるわよ。そうだ、ユーフェってば腰が痛いんですって。良い薬はないかしら？」

軽やかに笑うパメラに悪気はない……多分。腰が痛い理由は十分承知しているし、その薬を原因の男性の弟子から貰《もら》おうとしているのは偶然だ。だってセレスは花街の薬師だし。もしバレたらそう言い切るつもりではいるがきっと睨《にら》まれる。

ま、これくらいはねー。

うふふ、といつもの笑顔でパメラは接したので、セレスはそんなパメラの思惑に全く気が付かなかった。

「腰ですか？　ひょっとしたら今は腰だけが痛いのかもしれませんが、痛みは各場所に連動しますから腰だけじゃなくて肩や背中なども痛くなるかもしれませんね」

「そうねぇ、きっとギシギシして痛むんじゃないかしら」

「ギシギシ、というと関節系？　まだ関節が痛むお年頃ではないと思うので、風邪か何かの熱がそちらにいったんでしょうか？」

「慣れない運動のしすぎね」

純粋に病気の心配をしているセレスには悪いが、原因は全く別だ。おかげでパメラとセレスの会話がかみ合っていない。

「パメラ、もう、何言ってるのよ！」

少し顔を赤くしてユーフェミアが怒りながら階段を下りてきた。

「ユーフェ、もう起きて大丈夫なの？」

「病気じゃないわよ。分かっているくせに」

もう本当にタチが悪い。パメラが同じような状況に陥ったら絶対にからかってやる。何ならアヤトに頼んで色んなお薬を作って差し入れしてやる。薬師ギルドの長は、そっち方面のお薬にも長《た》けていらっしゃる。

「ユーフェさん、大丈夫ですか？　痛むようでしたら痛み止めとか湿布薬をお出ししますが」

意味の分かっていないセレスが純粋に心配してくれているのが本当に申し訳ない。原因は貴女《あなた》の師匠だけど、さすがにそんなことは言えない。

「大丈夫よ。ちょっと慣れない運動で痛みが出ただけなの。でもせっかくだから痛み止めでも貰おうかしら」

これくらいの誤魔化ししか出来ないが、セレスは納得してくれたようなのでよかった。

「あれ？　ユーフェさん、首筋に赤いものが……虫さされ？」

セレスに言われてユーフェミアは、とっさに首を手で隠した。

「え？　嘘！……付けるなって言ったのに」

後半はセレスに聞こえないように小声で言ったのだが、もちろんそれが何なのか分かっているパメラは爆笑した。言おうかな、と思いつつ他の誰かに言われたらどんな反応するんだろう、と密かに楽しみにしていたパメラとしては、まさかセレスがとは思っておらず、予想外のところから入った指摘で思わず笑ってしまった。

「そうそう、ユーフェに付きまとおうとずっと様子をうかがっていた金色の大きな虫が、ついにやっちゃったみたいなのよ」

様子うかがい歴十年のベテランによる俺の物的な主張だが、お子様なセレスには何のことか見抜けない。

「パメラ！」

よりにもよって金色の大きな虫とは……まぁ、セレスには金色の虫よりもっと大きめの黒い虫が付いたけれど。黒い方が金より絶対にタチが悪い。金の方には絶対に今度文句を言うつもりだけど、何故《なぜ》だろう、ものすごく良い笑顔をされる光景しか思い浮かばない。

「んー、でしたらこちらをどうぞ」

小さな瓶に入った液体状の塗り薬をセレスはユーフェミアに渡した。

「……ありがとう」

内心はちょっと複雑だったが、薬は有難く頂いておく。お薬の代金はもちろん原因であるアヤトに支払ってもらうつもりだ。

「ユーフェさん、パメラさん、やっぱりミリー、今日はだめみたいです」

二階から下りてきたのは、この店で働いているジュジュという名の女性だった。

「そう。セレスちゃん、悪いけどちょっとミリーを診てくれない？　今朝から調子が悪いのよ。朝は熱もあったようだし」

「それはかまいませんが……ジュジュさんも少し顔色が悪くないですか？」

いつものジュジュよりほんの少しだけだが顔色が悪い気がする。吉祥楼もそうだが、働いている女性に対する健康管理は花街全体でしっかりしている。だからどの店でも調子の悪くなった人はすぐに休ませている。

「え？　私？　そうかな？」

本人は気が付いていないようだが、ミリーの様子を見ていたのは彼女のようだし、風邪か何かが伝染《うつ》ったのかもしれない。

「ジュジュさん、ちょっと失礼します」

熱があるかどうかだけでも確認しようとセレスがジュジュの手を取った。やはりいつもより体温が高いけれど、それより気になったのはジュジュの袖の隙間から見える肌にうっすらとだが赤い斑点が見えたことだった。

「ジュジュさん、この赤い斑点はいつから出ていますか？」

「赤い斑点？　そんなの今朝はなかったわよ」

服に隠れている部分のせいかジュジュは気付いていなかったようなので、セレスはジュジュの服を肘までめくった。

「うそ、何これ!?」

赤い斑点はジュジュの腕にポツポツと出現していた。濃い色の斑点が目立つが、薄い色のものもある。

「……ジュジュさん、本当に今朝はなかったんですよね？」

「ええ、確かよ。今朝はなかったわ」

これだけ広範囲に広がっているのなら絶対に虫刺されなんかじゃない。考えられるとしたら……

「ユーフェさん、念のため誰もお店から出ないようにしてください。それと他にも具合が悪くなっている方がいないかどうかと、自覚症状がなくても赤い斑点が出ていないかを確認してください。ジュジュさん、ミリーさんのところに案内をお願いします」

もしセレスが考えている病気だとしたらやばいかもしれない。

「わかったわ。パメラ」

「手分けして確認しましょう」

ユーフェミアとパメラが確認に向かったので、セレスはミリーの部屋へと急いだ。

部屋の中にあるベッドの上で、ミリーが苦しそうに咳《せき》をしていた。

「ミリーさん、大丈夫ですか？」

「セレスちゃん？」

「はい。症状が出始めたのはいつ頃からですか？」

「昨日の夜よ」

ミリーの寝間着の袖をめくって腕を確認すると、ジュジュと同じように赤い斑点が出ていた。それもジュジュよりもよりはっきりした赤色で。小さくて真っ赤な斑点が水玉模様のように肌に浮いてきている。

「やだ、何これ」

腕を見てミリーが嫌そうな顔をした。

「ちょっと失礼します」

ミリーの首筋を見ると、そこにもうっすらとだが出始めている。

「セレスちゃん、他の子は大丈夫みたいよ」

他の従業員の確認に行っていたユーフェミアとパメラが部屋に入って来ようとした。

「部屋には入らないでください。ユーフェさん、パメラさん、お医者様を呼んでください。多分、赤水病《せきすいびょう》です。感染症なのでお医者様が来てくれるかどうかちょっと分からないのですが……」

この花街の中で医院を開いている医者がいるとは聞いているがまだ会ったことはない。ただ、アヤトが「優秀」と太鼓判を押していた。

「あぁ、大丈夫よ。すぐに来てくれる方だから。パメラ、お願い」

「分かったわ」

パメラに医者を呼びに行ってもらって、ユーフェミアは部屋の中に入ってきた。

「ユーフェさん、伝染っちゃうかもしれないので危険です」

「大丈夫よ。私、病気ってあまりしないから」

「そういう問題では……」

「あら、アヤトから聞いてない？　私も昔、銀の飴《あめ》を貰ったのよ。病気って身体《からだ》の状態異常でしょう？　どうやらそっちもある程度は防いでくれてるみたいなのよ。パメラもそうよ」

言われて、あ、と思い出した。初代の月の聖女が何人かの子供たちにくれたという状態異常を引き起こさない銀の飴。どうやらその作用は精神と肉体、両方に作用するらしい。

「だから大丈夫。私たちは病気になりにくいの」

「ですが絶対にならない、ということはないですよね？」

「そうね。軽いものならかかるわね。でも重症にはならないわ。せいぜい熱が出て終了よ」

どうしてもユーフェミアは引く気がないらしい。それにもう部屋の中に入ってきてしまっているので仕方ない。

「分かりました。でも少しでもおかしいと感じたら教えてください」

諦めたセレスは改めてミリーの容態を診た。両方の腕にすでに赤い斑点が広がっていたので、足や少し胸元なども見せてもらったが、うっすらと赤い斑点が出始めていた。

「それで赤水病って何？　聞いたことがないのだけれど」

「北の方の風土病の一つです。王都ではほとんど出ないのであまりなじみはないと思いますが、見ての通り全身にこうして赤い斑点が出来るのが特徴です。高熱も伴いますし、斑点の赤色が濃くなっている部分は触ると痛みを感じるそうです。全身の皮膚に赤い水玉のようなものが出るので、赤水病といいます」

「赤い水玉って、そんな可愛《かわい》いものじゃないわねぇ」

ユーフェミアの感想にセレスも同意した。服とかになら可愛らしい模様の赤い水玉も、人の皮膚に浮き出たものは、禍々《まがまが》しい感じがしてけっこう怖い。

「はい。全然可愛くないです。酷《ひど》くなると服とかで擦れるだけでも痛いそうですよ」

薬師ギルドには各国の病の発生状況などを記した記録簿が保管してあり、その記録を見た限りだと一夜にして村人全員が発症したこともあるという感染力の強い病だ。基本的対処法は、解熱剤と皮膚薬。とにかく赤い斑点をいかに消していくかという部分が重要だと書いてあった。

「連れてきたわよ」

パメラが息を切らしながら部屋に入ってきた。その後ろから医者と思われる人物が入ってきたのだが、何というかド派手な方だった。

長い髪をポニーテールにしていて、服装は鮮やかなオレンジのワンピースに医者の証《あかし》である白衣。化粧をしているからというより顔立ちそのものが派手な感じを受ける女性。

「緊急って聞いたけど何があったの？　そこの薬師のお嬢ちゃん、状況を説明して」

「高熱と赤い斑点が出ています。一部は濃い色になってきています」

一瞬あっけにとられてしまったが、女性医師の言葉にセレスはミリーの状況を伝えた。

「なるほどね。ミリー、全身を診させてもらうわよ」

ここにいるのが全員女性ばかりということもあってか、容赦なくミリーの衣服をはだけさせた。てきぱきと全身の様子をチェックしていく。

「ジュジュさんも熱があり、うっすらとですが斑点が出てきています」

「そう。ジュジュ、あんたは後で診てあげるから、この部屋からは出ないでね。赤水病なんて久しぶりに診たわよ。ユーフェ、あんたはじーさんたちに感染病患者が出たって知らせて全ての店をチェックさせて。それから一時的に花街を封鎖しろって伝えてちょうだい」

医者の間で赤水病は、一人の患者が出たら十人は感染していると思えと言われるほど有名な病だ。北の民は幼い頃に一度でもこれにかかっていると免疫が出来るので、二度目からはそこまで症状が酷くはならないが、王都の民で免疫を持っている者などほとんどいないだろう。

基本的に体調不良者を表に出すようなお店は今はないので、発症していたら隔離されて療養している可能性が高い。この花街というある意味、簡単に封鎖出来る場所でしか発生していないのなら、王都全体に広まることは防げるかもしれない。

「分かったわ。レイナ、ミリーとジュジュをお願いね。パメラ、他の店にも連絡をして」

「辛い薬師のお嬢ちゃんもいるしそんなに心配しなくても大丈夫よ」

レイナと呼ばれた女性医師はユーフェミアに向かって手をひらひらさせた。

ユーフェミアとパメラが部屋から出て行くと、レイナは手袋をしてからミリーの腕をとって赤くなっている場所に軽く触れた。

「んー、まだそこまで赤くなってないから症状としては初期ってところね。酷くなってくると、こうして触るだけでもすっごく痛いらしいから」

「レイナさん、その場合、痛いのは私ですよ。触るなら先に言ってください」

本人が咳《せ》き込みながら抗議してもレイナは、あはは、と笑うだけだった。

「意識もしっかりしてるから薬を飲んで寝てるくらいしか治療法がないんだけど、どこで貰ったか覚えはない？　これって北の寒い地域の風土病だから、あんまりこっちには伝わって来ないはずなんだけど」

気候的に合わないのか王都まで自然に入り込むような病じゃない。だからこそ王都での感染源は絞られる。北に住む者が何らかの理由で王都に来たか、もしくは北に行っていた者が王都に帰ってきたか。そのどちらかが感染源となって広がっていくのだ。

「寒い地域……あれかな？　この間、中央の天花館《てんか》に商人たちが来ていてすごい遊んでいったって天花館にいる友人が言ってたの。その子がその後に赤い湿疹《しっしん》が出来たって言ってたからそれかも」

「症状が出るのに時間とかは個人差あるし、北の民は赤水病にかかっても体調が悪くならない人もいるそうよ。天花館で遊んでいった商人たちはけっこうな団体さんだったって聞いてるから、バラけて遊んでいたらすでに被害は拡大してるかもしれないわね」

レイナが面倒くさそうな顔になった。

広範囲に感染者が出ているとなるとどこか一箇所に集めてまとめて診られるようにしたいが、病人を一手に引き受けても良いっていうお店なんてあるだろうか。風評被害とか考えるとなるべくなら自分の店から流行病の患者なんて出したくない店が多いはずだ。

レイナはミリーに熱冷ましの薬を飲ませて寝ているように指示を出し、ジュジュの方を診た。ジュジュはミリーよりもっと軽い症状なのだが、こちらも熱冷ましの薬を飲ませて部屋で休んでいるように指示を出した。

誰もいない一階に戻るとレイナとセレスは向かいあってこれからどうするのかを話し合った。

「薬師のお嬢ちゃん、薬草はどこまで揃《そろ》えられる？」

「大抵の物はギルドに保管してありますから問題ありません。赤水病用の薬は作ったことがありませんが、一通りは習っています」

今回の薬の材料はごく一般的な物が多く、ほとんどの物は薬師ギルドに在庫がある。もし足りなければ、冒険者ギルドに依頼を出すか、運動不足の薬師たちが頑張って採取に行くかの二択になるが、量は十分にある薬草なので多分大丈夫だろう。

「薬師ギルドに連絡をして、薬草類を多めに届けてもらいます」

「そうね。お嬢ちゃん、花街にも薬師はいるんだけど、悪いけど付き合ってくれる？」

「もちろんです」

彼に任せておいたら助かる人間も助からない。赤水病はそれほど死亡率が高い感染症ではないが、それでも重症になれば死亡する可能性だってある。正直、セレスから見ても彼では薬をきちんと作れるのかさえ怪しいと思う。

「先生、先生は大丈夫ですか？」

「こそばゆいね、レイナって呼んで。私はちょっとわけあって大抵の病気にはかからないから」

……もしかしてこの人も同じなのだろうか。

「ひょっとして銀の飴、ですか？」

「あれ？　ユーフェにでも聞いたの？　ん？　ちょっと待って、お嬢ちゃんの髪色って天然……？」

あんな夢みたいな体験、その場にいた人間でなければ分かってもらえない。でも、もしこの子の髪色が天然なら……。

「はい」

「あーそっかぁ、そういうことかぁ。ま、お嬢ちゃんなら大丈夫だね」

薬関係で天然銀髪ってもう、一人しか思い浮かばない。月の聖女と呼ばれる女性が味方ならこれほど心強いことはない。彼女の作る薬なら絶対に大丈夫だ。

レイナにとって大切なのは、薬をきちんと作れるか否かだ。

王家の執着もウィンダリア侯爵家での立ち位置も知ったことじゃない。

今この場に薬草の女神の愛娘《まなむすめ》がいる。

ある意味、運が良い。

「お嬢ちゃんも病気にはかかりにくいの？」

「どうでしょう？　確かに今まで生きてきた中では、ひどい病気にかかった記憶はありませんが」

銀の飴には病を防ぐ効果もあるようだが、月の聖女が病にかからない体質だと聞いたことはない。

むしろそれを本当に作れるのなら材料や作り方を教えてほしい。

「そう言えば噂で聞いたアヤト様の弟子ってお嬢ちゃんのこと？」

「はい。師匠をご存じですか？」

「そりゃあね。学生時代、私はあの子たちの一個上の先輩だったのよ。いやー、扱いづらい集団だったわ」

本当に扱いづらい後輩たちだった。例の事件の時にはレイナ自身はもう卒業していたが、話だけは聞いていた。医師になって花街でユーフェミアやパメラと再会した時には驚きしかなかった。たった一年の差が多くの人間にとって分岐点となっていた。レイナたちの代には被害らしいものは出なかったが、後輩たちの被害は多かったと聞いている。同級生の弟妹や親戚たちが被害に遭い、亡くなった人もいたそうだ。そしてユーフェミアに対しては複雑な思いを持つ人間も多い。彼女自身は被害を減らそうと努力してくれていたようだが、ソレイル子爵家は最後まで中心人物であったリリーベルをかばっていた。

ユーフェミアに助けられた子供を持つ家もあったが、そういった家も表立ってユーフェミアをかばうことが難しかったので、裏から何とかしようとしたらしい。レイナはユーフェミアからその辺りを詳しく聞いたことはないけれど、時々、吉祥楼にユーフェミアに会いに来る貴族がいるのは知っている。

「さて、アヤト様が動くのなら薬関係は大丈夫ね。後はどれくらい広まっているかってことだけど、私一人で対処出来るくらいならいいんだけど」

思考がほんの少しだけ過去へと戻ってしまっていたが、今現在、出来ることを考えなければ。それもこうして患者を診ることくらいしか出来ないのだが、さすがに広範囲だと一人では手に余る。

花街を封鎖した以上、外から入ってくる人間は限られてしまうが、本当なら複数人の医師や薬師にいてほしいところだ。医師や薬師だって感染病が発生している場所に来るにはそれなりの覚悟が必要になるので強要は出来ない。

薬師はギルド自体がしっかりしているし、病名さえ分かれば外で薬を作ってこっちに送ってもらえば良いだけなので何とかはなるが、医師となると難しい。ただでさえ市井に下りている医師は少ないのだ。王侯貴族に囲い込まれた医師がここに来るとは思えない。

「伝えてきたわよ」

ユーフェミアが上役たちとの話し合いから戻ってきた。いつもの余裕はどこにいったのか、ずいぶんと慌てている。

「赤水病を発症している者は全員ここに集めるわ。レイナもその方がやりやすいでしょう？　それから一時的に花街を全封鎖するための準備に入ったわ」

「ここでいいの？　後で風評被害が絶対に出るわよ」

「出たとこでうちが一番被害が少ないでしょう。花街の中でも一見さんお断りの常連客が多い店だもの。古い顧客の方々は分かってくれるわ」

花街のあちらこちらで出たという噂が流れるくらいなら、吉祥楼でまとめて養生させていたという方がましだ。今までの実績のおかげで多少変な噂が流れたところで吉祥楼が潰れることはないだろう。

「お嬢ちゃんはどうするの？　出来れば外に出ていてほしいんだけど」

ユーフェミアの言葉にセレスは首を横に振った。

「ここにいます。薬作りなら得意なので、薬草類の受け取りだけ出来るようにしておいてもらえればここでひたすらお薬を作ります」

　ユーフェミアにしても信頼出来る薬師がいてくれるのならありがたいのだが、セレスの場合、保護者としてアヤトだけならまだしもジークフリードまで出てくる可能性があるのでどうしたものかと悩んでしまう。安全な場所にいてほしいという思いと同時に、月の聖女ならば大丈夫なような気もしている。

　どうしようか迷ったが、セレスがここにいると言ってくれたのでそのままいてもらうことにした。

「ただ、道具類があまりないのですが……」

「うちの診療所にあるから心配いらないわ。以前、専属だった薬師が置いていったものだけど、一通りは揃ってるから」

「じゃあ、そちらを使わせていただきます。専属の薬師さんがいらっしゃったんですか？」

「えぇ。でも王宮薬師の試験に受かって、あっちに行っちゃったわ」

　王宮薬師になるためには、年に一回だけ開催される試験を突破する必要がある。セレスが以前少しだけ聞いた限りだと、基礎の薬の作り方から難しい物まで幅広い知識を要求される筆記試験と、正確に作れるかどうかの実地試験があり、特に実地試験はお偉いさんたちに周りを囲まれるためとんでもないプレッシャーがかかるらしい。

　他にも対面でのやりとりなど、いくつかの試験を突破してようやく王宮薬師の見習いになれる。

「優秀な方だったんですね」

庶民と共にあるギルドの薬師とはまた違い、王侯貴族の相手をする王宮薬師は、薬の知識だけではなくマナーだって覚えなくてはいけない。生まれが貴族ならともかく庶民だとそちらも大変だと聞いた。

「まあね。でも本人は、最高峰の薬の知識に触れられるって喜んでいたわよ」

そこら辺は薬師ならみんな一緒らしい。

「セレスちゃん、ここにも少しは薬草があるから、在庫を確認してきてくれる？　使える物は使っちゃってかまわないから」

「はい。じゃあ見てきますね」

吉祥楼にも薬や薬草の類いが少しは置いてあるし、お客さんからお土産として貰った使い道の分からない薬草もある。まとめて療養部屋として使っている場所に置いてあるので、セレスはそれらを見に行った。

セレスの姿が見えなくなると、ユーフェミアは改めてレイナに向き合った。

「レイナ、セレスちゃんだけど、あの髪色は天然なの」

「そうみたいね。さっき聞いたらあっさり認めたわよ。医者としては月の聖女がいてくれるのは心強いんだけど……噂に聞いた限りだと第二王子に執着されてるって？」

「それはその通りらしいんだけど……もっと面倒くさい人に半分捕まってるわ」

「誰？」

「ジークフリード様」

その名を聞いてさすがのレイナも固まった。

後輩の中でも一番厄介な名前が出てきた。

出来れば同名の別人とか……はなさそうだ。

「うっわー、どうやって捕まったのよ。年齢とか違い過ぎるでしょう？」

ジークフリードは自分より一個下、セレスなんてどう見てもまだ十代だ。接点とかもなさそうなのに、何がどうなったら出会って捕まるんだろう。

「アヤトのせいね。アヤトのお友達として出会ったのよ。この間なんて、二人で旅行に行っていたみたいなの。その帰りにたまたま温泉宿で一緒になった時は、本当に驚いたわ。セレスちゃんは全く意識していないみたいだけど、ジークフリード様の方は違っていたわね」

師匠のお友達枠を脱しようとしているジークフリードだが、現状はさすがに状況が許さない。

「はぁぁ、可哀想《かわいそう》に……」

名ばかり貴族の自分は王宮関係に疎いがジークフリードのことはそれなりに知っている。月の聖女は王族との相性が最悪のはずなのだが、セレスとジークフリードはどうやら違うらしい。

「可愛い後輩のためにもがんばりますかー」

セレスがこの場に留《とど》まる以上、薬師として扱《こ》き使う。本人もそれを望んでいるようだし。さっさとこの流行病を終わらせて花街を解放して、あのジークフリードの恋愛模様を眺めたい。

「あ、一応言っておくと、セレスちゃんはジークフリード様の正体を知らないから」

「旅行に行ってたって辺りから何となくそんな気はしてたわよ。うかつなことは言えないわね。下手なこととしてヨシュア辺りからリド様に告げ口されたらアイツの過去の所業もバラしてやる」

当然、ヨシュアとリヒトとも知り合いなので過去の恥ずかしいことも良く知っている。ジークフリードに変な告げ口をしたら、うっかり口から何かがすべり出るかもしれない。

その辺りは、お互いよく言動に注意しましょう、というやつだ。

「ユーフェさん、使えそうな薬草があったので貰いますね」

「ええ、もちろん」

薬草を見に行ったセレスが帰って来て、じっとユーフェミアを見つめた。

「な、何？」

「ユーフェさん、さっき虫刺されって言ってたのって」

「これは違うから！　絶対、赤水病じゃないわよ」

断言出来る。思わず首筋に手を当てて断言してしまったが、少し顔を赤らめながら、何もこんなタイミングで！　と犯人を恨みたくなった。

「あー、うん、お嬢ちゃん、これは違うから。医者の私が保証します」

虫刺されの場所的に察してくれた先輩が心許《こころもと》ない援護をくれた。

◆

「陛下、ただ今早馬にて、花街で赤水病が発生したため、一時的に封鎖するとの通達が来ました」

執務室で書類を片付けている最中に、その情報はもたらされた。

「封鎖だと？　被害状況は？　それと原因は分かっているのか？」

手を止めて赤水病について思い出していく。たしか北の方の風土病の一種だったはずだ。王都では患者は滅多に出ないので、それに対する備えはあまりしていないはずだ。

「原因は恐らく、先日まで滞在していた北の商人たちではないかとのことでした。彼らの誰かが罹《り》患《かん》していたのでしょうが、北の者たちの中には発症しない者もいると聞いたことがあります」

症状が出ていなければ病気にかかっているとは誰も思わない。気が付いた時にはもうどうしようもないほど患者の数が増えることもある。

「今のところ花街の中でしか患者は見つかっておりません。花街の上役たちが早々に封鎖を決めましたので、うまくいけば花街の中だけで収まります」

「そうだな。だが各診療所に赤水病患者が来た場合は、すぐに知らせるように伝えろ。それと不足している薬草があれば、すぐに備蓄分から薬師ギルドに放出しろ。人手不足なら王宮薬師たちも使ってかまわん」

国王として各方面に命令を出していく中で、どうしても嫌な予感がしてきた。

セレスが住んでいるガーデンは花街の近くだ。それにセレスは花街の女性たちと仲が良い。おまけにあちら側にはユーフェミアとパメラもいる。

「陛下」

リヒトが執務室にやって来たのは、封鎖の通達が来てしばらくしてからだった。

「ヨシュアから報告が来ました。セレスティーナ嬢がちょうどユーフェミア嬢に会いに行っていたらしく、花街の封鎖に巻き込まれたそうです」

ヨシュアの報告は、あまり聞きたくないものだった。

どうしてこういうすごいタイミングで事件のど真ん中にいるのだろう。ひょっとしてもめ事が寄ってくるタイプなのだろうか。よりにもよって今日、花街に行ったなんて……。

「やれやれ」

たまたま花街に行って巻き込まれたのか、それとも病がセレスを引き寄せたのか。どちらにせよセレスが現場にいることは間違いない。アヤトからセレスの薬師としての腕前は、若手の中では上位に入ると聞いている。それに花街の薬師が役に立たないと言っていたので、封鎖された今、セレスが唯一の花街の薬師となったと言っても良い状況だろう。

「しかし赤水病、ですか。皮膚病の一種ですが、身体の広範囲に影響を及ぼすので飲み薬だけでは中々対処が出来ないと聞いたことがあります」

「あれは皮膚病の一種になるのか。熱も出ると聞いているが」

「はい。病の原因となるものを皮膚から吸収し、それらが高熱を引き起こすそうです」

ジークフリードもリヒトも赤水病にかかったことはないし、患者を直接見たこともない。資料でしか知らないが、感染症である以上、王都中に広めるわけにはいかない。花街の封鎖で収まるのならばそれが一番良いのだが、花街の上役たちも思い切ったことをしたものだ。一昔前なら封鎖なんて絶対にしなかった。

「ヨシュアは封鎖される前に花街の中に入ったそうです。ただ、飼い犬が便乗しておいたをするんじゃねぇぞ、と釘《くぎ》を刺されたそうなので、あまり大っぴらには動けないそうです」

花街の上役に見つかり、飼い主もバレているので動きづらい、と言っていたらしい。リヒトとしても全く勝手の違う場所のことなので対処がしづらい。しかも相手は、リヒトとは違う分野で長年生きてきた妖怪じじい共だ。貴族の常識なんて通じない相手ばかりなので、苦手と言っても良い。

「すぐに収まればいいがな」

ジークフリードの言葉に、リヒトも頷《うなず》くことしか出来なかった。

◆

セレスはレイナと一緒に彼女の診療所に来ていた。以前いた薬師が置いていったという道具を吉祥楼に運んでもらうため、力持ちの男衆が一緒に来てくれていた。

「この辺のは、全部使ってくれていいからね」

「はい、ありがとうございます。これだけあれば薬も作れます」

思った以上に立派な道具が揃っている。レイナもついでに色々と持っていくらしく、男衆に指示を出していた。

「レイナ!! 流行病が出たって本当かよ!?」

突然、大声で叫びながら入って来たのは、前に因縁を付けてきた花街の薬師だった。

「ええ、コルヒオ。赤水病よ」

「赤水病!? なんで北の病がここで流行《はや》ってるんだよ!」

「知らないわよ。流行ったものはしょうがないでしょう? で、あんたは薬を作ってくれるの?」

「何で俺が作らなくちゃいけないんだよ。病名が分かってるんなら、薬師ギルドのやつらに作らせればいいだろう。それより早くここを出よう。ここに残っていたら赤水病にかかるかもしれないんだ。終わるまでどっかに行ってようぜ」

その言葉にレイナは呆《あき》れたような顔をして、男衆はギロリとコルヒオを睨んだ。

「な、なんだよ、その顔は! お前たちの代わりはいくらでもいるけど、俺たちの代わりはいないんだぞ」

「私たちの代わりだっていくらでもいるわよ。あんたが薬師ギルドの長になれない理由って、その辺りの性格もあるわわね。医師や薬師が患者放置して逃げ出すなんてありえないわよ」

逃げるなら勝手に一人で逃げればいいのになぜこっちを誘ってくる。セレスが残って薬を作ると言っているのに、本来なら真っ先に薬や材料の確保に走らなければならないはずの花街の薬師が逃げ出すとかありえない。ここで本当に逃げ出したら、信用が一切なくなるということに気付いていなそうだ。

「逃げるなら一人でどうぞ。私は吉祥楼に戻るから」

レイナの拒絶にコルヒオが口汚く罵る声が聞こえてきた。

隣の部屋で道具をまとめていたセレスがその声を聞いて、男衆の一人と一緒にそっとのぞき込んだ。

「あの人、レイナさんのこと、好きなんですか？」

「じゃねえのかなー。何か自分たちだけ助かればいいって言ってるしよ。マジでアイツ信用ならんな。でもアイツ、知らないのか？」

「何をですか？」

「レイナ先生は既婚者だ」

「……えっとそのことは、誰も教えてないんですか？」

「割と有名な話だから、誰もが知ってると思ってたんじゃないか？」

セレスと男衆は小さな声でこそこそと話しているので、レイナとコルヒオには聞こえていない。

だが、今日初めて会ったセレスはともかく、レイナと顔見知りのコルヒオがそのことを知らないってどうなんだろう。他の人たちが知っているっていうことは、レイナも別に隠しているわけでもなさそうなのに。

「旦那さんを見たことがあるが、優しい顔立ちの人だったぞ。何でも王宮に勤めているらしい。まぁぱっと見では、レイナ先生が既婚者だってのは分からないからな」

「確かに」

異世界のように結婚指輪でもしていれば分かりやすいのかもしれないが、こちらでは既婚者かどうかなんて外見では分からない。異世界だって仕事などで邪魔になってしまう人は結婚指輪を外していたので、指輪がない＝独身ではなかったが、それでも目安にはなっていたと思う。

「あの、結婚する時って何か贈り物をして気持ちを伝え合う、とかするんですか？」

「あんまり聞かないけどなぁ。貴族なんかは、それこそ指輪やネックレスを贈るって聞いたことがあるかな」

一般庶民の自分たちとは縁遠い話だ。ましてここは花街だし。男衆だってここで生まれ育った人間じゃない奴《やつ》らはそれなりに訳有りが多い。ここそこ生きる人間には、結婚などは縁遠い話でしかない。

「先生がベタ惚《ぼ》れして口説き落としたって聞いたぜ」

「レイナさん、積極的なんですね」

「おう。それまで浮いた話なんて一つもなかったのにある日、突然結婚してた。聞いた話だと、胃袋から落としたらしいぜ」

胃袋から、それはつまり料理。あまり料理をしなそうなイメージを勝手に持ってしまったが、実はレイナさんは料理上手な方なのだろうか。

そう思ったのが分かったのか、男衆は首を横に振った。

「お嬢ちゃんが思ってる方じゃねぇ。旦那さん、甘い物が好きな方らしくて、レイナ先生は会うたびに違うスイーツの情報を持って行って、一緒に食べに行く約束を取り付けてたんだそうだ」

斬新な情報戦の末の勝利だったらしい。スイーツ限定とかすごい。

「あれ？　じゃあ、レイナさんの料理の腕前は？」

「先生の得意分野は生きたナマモノを切り刻むことであって、味覚や感性とはほど遠いそうだ」

その言葉でレイナの腕前は何となく理解した。セレスもあまり人のことは言えない腕前なので、そこはそっとしておきたい。こんな感じの物が入った食べ物で甘いとか辛いとか言うだけで異世界の料理を再現してしまう侯爵邸の料理長は、改めてすごい人なのだと理解した。

「そろそろ止めるか」

このまま放っておいたらコルヒオはいつまでもレイナに付きまとっていそうだったので、男衆はコルヒオを止めるべく二人の前に出て行った。

「コルヒオ、今度はレイナ先生にちょっかいかけてんのかよ」

からかうように言うと、コルヒオがかっとなったようで男の胸ぐらを掴《つか》んだ。とはいえ屈強な用心棒と外にも出ていなそうな薬師とでは体格に差がありすぎるし、腕っ節も全く違う。ケンカだったら確実に用心棒の方が勝つだろう。簡単に腕を外されたコルヒオは、憎々しげな目で男を睨んだ。

「おいおい、俺を睨んで何になるって言うんだよ。そもそもお前、こんな状況の花街を捨ててどこに行こうってんだよ。逃げ出して帰って来てもお前の居場所がなくなるだけだぞ」

「うるさい！　俺が帰って来なくなったらここはどうするんだ！」

「どうするも何も、花街には新しい薬師の嬢ちゃんがいるし、いざとなれば薬師ギルドの長に誰か派遣してもらうように要請するだけだ」

男の言葉にコルヒオはぎゅっと唇をかみしめた。自分は優秀で花街に必要な存在だと思っていた。花街中から尊敬されていた祖母の後を継いで、同じような尊敬を集めるものだと信じていた。

だが現実はどうだ。

誰も彼もが自分を尊敬しない。

それどころか新しく来た薬師の小娘が顧客の全てを奪っていき、薬師ギルドに訴えても相手にされなかった。忌々しい薬師ギルドの長はコルヒオの訴えに「実力と性格の差でしょ」と言ってクスリと笑っていた。本当に腹が立つ。

「お前、マジで何なんだよ。俺たち花街の人間が欲しい薬師はきちんと対応してくれる薬師だ。お前みたいに、ここにいる人間全員を下に見ているような者はいらないんだよ」

「くっそ、どうなっても知らんからな!!」

「おう、ここを逃げ出すお前には、もう関係のない話だな」

特に引き留めることもなくさらっとコルヒオを診療所から送り出した男性とは対照的に、コルヒオ自身は血走った目でこちらを睨み付けていた。

「覚えてろ」

割と定番の捨て台詞《ぜりふ》を言ってコルヒオは消えて行った。早く出て行ってくれないと花街が完全に封鎖されるので、そうなると逃げ出せなくなる。外に出るためにはすぐに逃げ出さなくてはいけない。

「全く、なんであんな男の相手をしなくちゃいけないのよ」

レイナは本気で怒っていた。ただでさえ時間が少ないというのに、コルヒオまで絡んできてうっとうしい限りだ。この怒りは家に帰ったら旦那様に癒やしてもらおう。

「でもある意味これでちょうど良かったわね。邪魔するやつがいなくなったもの」

これで正真正銘、花街の薬師はセレスただ一人になった。コルヒオがいたら何かと邪魔をしてきそうだなと思っていたので、自分からいなくなってくれて本当に良かった。

「さぁ、セレスちゃん。戻って薬を作りまくるのよ」

「はーい」

レイナの言葉に、セレスもくすりと笑いながら応じた。

第六章　次女と蒸し風呂

花街が封鎖され吉祥楼《きっしょうろう》に全ての患者が集められてから数日間、セレスはひたすら薬を作っていた。材料となる薬草類は、日々ギルドからの補充が届く。封鎖された場所まで薬師ギルドのお使いが持ってきて、人が出入りしないように見張っている番人役の人が吉祥楼に届けてくれている。おかげで薬作りに不自由しない。赤水病《せきすいびょう》以外の薬も調合していて、上役のじーさんたちは歳《とし》のせいで関節が痛い、とか言って湿布を求めてやって来たし、今までコルヒオに頼みづらかった薬をお姉さんたちが頼んでくることもあった。

セレスにとってもとても良い勉強の機会になり、今まで作ったことのないような薬を作ることが出来たのでこれならあの場所で薬屋を開いても大丈夫な気がしてきた。花街の中ではセレスとセレスの作る薬の評価は上々で、ついでだから美白三点セットも売ってほしいと言われてそちらも作っている。一応、花街の外にあるガーデンでしか買えない物がここで買えるとあって大好評だ。

外の情報はあまり入ってきていないが、それでも早い段階で病の正体が判明して花街を封鎖したことによって、王都内全体に広がるという事態は避けられたとの情報は入ってきていた。

ディーンには、封鎖された板越しに怒られた。最初は一人で花街に行ったことを怒られたのだが、最終的には外と内に分かれてしまったことについて嘆かれた。赤水病がどこまで広がっているのか分からなかったので、セレス的にはディーンが外にいてくれて良かった、というところだったのだが、ディーンとしてはついこの間も見知らぬ謎の冒険者と一緒に出かけていた姉からあまり目を離したくはなかった。いつどこでどんな人物を引っかけてくるか分からない姉に対する心配は尽きないのに、のんきなくせに意外と行動力のある姉はさっさとどこかに行って厄介事に巻き込まれている。

せめて一緒にいたいというのがディーンの本音だが、まだ学生の身なのでそれほど自由がないのが悔しい。学業をおろそかにすることはセレスが許してくれないので、毎日真面目に学園に通っている。セレスを狙っている相手も色々と不自由な身の上なはずなので、そこまで頻繁に接触して来ないのが救いと言えば救いだった。

花街の外にいるディーンの心配はセレスに届くことはなく、セレスは今日も元気に患者のもとへと来ていた。

「セレスちゃん、もう少し痛くないようには出来ない？」

吉祥楼で最初の患者であるミリーの斑点はだいぶ赤くなってきているので、触るとけっこうな激痛がくるらしい。今が一番痛い時期なので本当は触らない方が良いのだが、この時に薬を塗っておかないと長引いてしまう。それに服に擦れても痛みが襲ってくるらしく、無意識に寝返りを打つのもしんどいらしい。

セレスはその症状について想像しか出来ないが、病気にかかっている本人が一番辛《つら》そうなので、何とかしたいという思いは当然持っている。

「そうですね……問題は直接触れてしまうことですよね」

赤い斑点が全身に出ているので自分ではどうしても触れない背中などは他の人に塗ってもらうことになる。主にセレスが塗っていて気をつけながらやっているのだが、ほんのちょっと触るだけでも相当痛いようだ。

それに頭の部分は、髪の毛が邪魔をしてうまく塗れない。

何か良いアイデアはないだろうか？　と考えていると、ふとジークフリードと行った温泉を思い出した。

お風呂場はどこにでもあるのでいっそ全身で薬に浸《つ》かってもらうとか？

でもそれだと薬湯がものすごく必要になるし、一人が入ったらすぐに洗ってお湯を交換しなくてはいけない。

どうすれば全身くまなく薬を行き渡らせることが出来るのか。

うーん、とうなっていてふと思い出した。

「……あ、サウナ……」

異世界で整うと人気だったサウナ。こちらでいえば蒸し風呂。これなら熱した石などにかける分の薬湯を用意すればいいので、薬湯がそこまで必要にならない。それに薬の入った蒸気を全身に浴びることになるので塗り忘れる箇所もなくなるし、髪の毛で覆われた頭部にだってきっと行き渡る。

「サウナ？　何それ？」

「蒸し風呂です。ミリーさん、ちょっと実験体になってもらっても良いですか!?」

「え？　え、えぇ、いいわよ。何かアヤト様に似てきたわね」

実験体とか言われて、やっぱり薬師ギルドは常に実験体を求めてるって噂《うわさ》は本当だったのだと実感したミリーだった。

「ありがとうございます。ユーフェさんにちょっとお願いして、準備をしてきますね」

何となくうきうきした感じを出して、セレスは部屋を出て行った。何ならスキップでもしそうな勢いだ。

「……早まった？」

ミリーのつぶやきは誰にも聞かれることなく消えていった。

◆

「ユーフェさん、お願いがあるのですが」

「あら、何かしら」

ユーフェミアとパメラ、それにレイナは赤水病にかかることなく吉祥楼に詰めていた。流行病にかかっていない人間は他の場所に移動させたので、患者の世話や洗濯、食事などやることは四人で分担して行っていた。

「簡易の蒸し風呂を作りたいんです」

「蒸し風呂？」

ミリーの部屋から戻ってきたセレスが突然、蒸し風呂を作りたいと言い出した。なぜに蒸し風呂なのか？　ユーフェミアは疑問顔でセレスに聞き返した。

「はい。狭い小屋の中で熱した石に薬湯をかければ蒸気全体が薬湯になるので、その中に入るだけで薬を塗らなくても大丈夫かと思いまして。ミリーさんに実験……じゃなくて試してもらいたくて」

今確実に実験体と言いそうになっていた。ユーフェミアの頬がちょっとひくっとなったが、セレスはアヤトの弟子だ。もう仕方ない。

「分かったわ。とりあえず中庭に小屋を作ってみましょうか。あ、というかテントとかでもいい？」

そこまで密閉しなくても良いのならば、少し大きめで厚手のテントを借りて来た方が早い。テントならばどこにでも設置出来るし、それほど大きいものでなければ女性だけでも設置することが出来る。

「そうですね。本格的なものを作るわけではないので、今はテントで十分だと思います」

「分かったわ。ちょっと手配に行ってくるわね」

「はい。お願いします」

「はいはい。じゃあ、ちょっと借りてくるわ」

この国に蒸し風呂文化はないが、他国ではお風呂と言えば蒸し風呂という国もある。今回は簡易で良いので作るのはそこまで難しくはない。テントと熱した石を入れるための場所を作るだけならば、そんなに時間もかからない。

「蒸し風呂ねぇ、昔一度だけ入ったことがあるけど、お湯に浸かるのとはまた違った感覚だったわね」

セレスからその言葉が出て来るまですっかり忘れていたが、パメラは蒸し風呂を体験した時のことを思い出していた。蒸気で汗が流れていくのが心地良かった思い出がある。あの時の蒸し風呂は一度に何人も入れる大きなものだったので、隣に座っていた見知らぬ女性とたわいもない会話をしながら汗を流していた。

「終わったら、ここにも大きめの蒸し風呂を作ろうかしら」

それなりに話題にはなりそうだ。吉祥楼が花街における病発症者の受け入れ場所となっているのは有名になっているので、この騒動が終わった後、そんな噂を吹き飛ばすイベントを開催する予定になっている。その中に蒸し風呂があっても面白そうだ。常連が多い吉祥楼なので風評被害は少ないだろうが、待ってくれていたお客さんに特別な体験をしてもらうのも良いかもしれない。

ユーフェミアが帰ってきたら、さっそく相談しよう。

ユーフェミアがテントを借りに行っている間に、セレスは薬湯用に薬を作っていた。基本は塗り薬と同じ薬草だが、今回は目にも入るので、同じ成分で目薬にも使われる薬草に変更出来るものはした。多少効き目は薄くなってしまうかもしれないが、全身で浴びるので塗り忘れがない分、今まで薬が届かなかった部分にまで行き渡るはずだ。

「蒸し風呂なんて面白いことを考えたわね」

「レイナさん」

他の患者たちの様子を見に行っていたレイナが笑いながら帰ってきた。ユーフェミアが急いで出かけて行ったのでどうしたのか聞いたら、セレスが蒸し風呂を作りたいと言ったのでテントを借りてくると言って出かけて行った。さすがの吉祥楼でも、テントは用意していないらしい。

「蒸し風呂で汗をかけば悪いものが出て行って、その分薬湯がしっかり入るんじゃないかと思いまして。それにお湯に浸かるより刺激が少ないと思います」

「そうねぇ、斑点がひどい子だとお湯に入るのも刺激になってつらいって言っていたものね。蒸し風呂ならまだましかしら」

「あまり高温にならないように注意は必要だと思いますが、全身で薬湯を浴びることになるので塗り忘れはなくなります。蒸気が目とかに入るので、少し薬草の種類は変えますが」

イメージとしては悪いものを汗と一緒に皮膚から出して、空いた場所に薬湯が入り込む感じだろうか。一度で治るとは思えないが、何回も繰り返し入っていれば自然に薬も染みこんでいき、やがて赤水病の源に効果が出てくるだろう。

「レイナさんは蒸し風呂に入ったことは？」

「ないわ。落ち着いたら入ってみたいわね」

王都では蒸し風呂に入れる場所はないので、話だけは聞いたことはあるが実際に入ったことはない。

「全部終わったら入りましょう。気持ち良いらしいですよ」

セレスも知識があるだけで実際に入ったことはない。今回の騒動が終わったらゆっくり入ってみたい。温かい蒸し風呂の後に冷たい水に入ると良いらしいが、どんな感覚になるのだろう。

「そうね。その時はゆっくり堪能してやるわ」

レイナの力強い言葉に、セレスも同意するように微笑《ほほえ》んだ。

「テントと人手、借りてきたわよ」

戻ってきたユーフェミアはものすごく複雑そうな顔をしていた。何というか、苦虫を噛《か》み潰したような顔というか……。

「ユーフェ、すごい顔してるわよ」

「したくもなるわよ！　セレスちゃんにお客様よ」

「え？　私にですか？」

また何かの薬が欲しい人だろうか。それにしてはユーフェミアの表情がおかしい。ユーフェミアにあんな顔をさせる知り合いっていただろうか。

「元気そうで何よりだよ、セレス」

ユーフェミアに続いて部屋に入って来たジークフリードを見てセレスは驚いた表情をしたが、レイナはユーフェミア同様、ものすごく微妙な表情をした。

「ジークさん!?　どうしてここに？」

一応、外部の人間は出入り禁止のはずだ。それに流行病をこれ以上広げさせないための封鎖なので、当然ながら入って来た者が外に出ることは基本的に出来ない。

「テント要員の人手だ。ここのじーさんたちとは、ちょっとした知り合いでね。セレスがここに入ったままだと聞いて心配で、誠心誠意、心を込めてお願いしたら入れてくれた」

嘘《うそ》つけ、否、嘘じゃない部分もあるけれど、じーさんたちとは、そんなフレンドリーな仲じゃないでしょうが。心の中でレイナとユーフェミアは、そうツッコミを入れた。

ただ、あのじーさんたちがジークフリードを見た時にどんな表情をしていたのか見たかった。さすがにちょっとは驚いた顔をしたと思いたい。

「ですが、もし赤水病にかかったら」

詳しい素性は聞いていないが、それなりに大きな家の当主だと聞いている。そんな人が流行病の中心地であるここに来ても大丈夫なのだろうか。

素直にセレスはそう思ったが、ユーフェミアとレイナはちょっとだけ引いた顔をしていた。

心配するセレスと激甘なジークフリードを眺めながら、部屋の隅の方で自分を取り戻したレイナとユーフェミアがこそこそとしゃべっていた。

「ねぇ、ユーフェ、誠心誠意って言葉、知ってる？」

「一般的な意味のやつなら知ってるわね。じーさんたちが知っているかは知らないし、リド様がどんな意味で使ったのかは知りたくもないけど」

「気が合うわね。私も知りたくないわぁ。誠心誠意、脅したのかしら？」

「あー、ありそう、表面だけ取り繕った言葉で言ってても、実際は少々脅しが入ってるってのはあるのかも」

花街の住人として一人前に育ててくれた恩のあるじーさんたちだが、脅される姿は見てみたかったかもしれない。あのじーさんたちが顔を引きつらせる出来事なんて、そんなにない。

レイナとユーフェミアがこそこそと言っている間も、ジークフリードとセレスの会話は続いていた。

「大丈夫だよ。俺も銀の飴《あめ》を貰《もら》っているからね。それにこれでも顔は広いんだ。俺がいた方が話が早く済むことも多いと思うよ」

にっこり笑うジークフリードの姿を、以前見たことのあるユーフェミアはともかく、初めて見たレイナはあまりに普段と違いすぎて「あれは誰？」と顔にはっきりと出ていた。それにそもそもここにいて良い人物ではないし、話が早いどころか、今この場でのお願いは国王への直訴にならないだろうか。国王陛下は叶《かな》える気満々でいるが、それで良いのだろうか。

「ねぇ、あれって本当にあのジークフリード様？」

「レイナの疑問はもっともだけど、お嬢ちゃんと一緒にいるリド様はいつもあんな感じよ」

「そうなの、これってやっぱり慣れるしかないのかしら」

「慣れるほどのお付き合いをするつもりはあるのね」

「一応？　お嬢ちゃん絡みもだけど、うちの旦那様が最近、一番上の上司にお菓子券なるものを貰って来てね。旦那様曰《いわ》く、上司が初めての片想《かたおも》い真っ最中で、これからちょくちょくお出かけしたりする時に派遣される要員になったらしいわ」

つまり今現在、レイナの旦那はジークフリードの代わりに彼の仕事を部下に振り分けたりしているということだ。最も働いているのは宰相のリヒトだが、噂に聞く出来の良い王太子も仕事漬けの毎日を送っているのだろう。国王陛下はただ今、赤水病の流行最前線で片想い中の少女と再会して大変ご機嫌だ。

「聞いた話だと蒸し風呂を作るんだって？」

「はい。初めは薬湯でお風呂を、とも考えたのですが、誰かが入浴したら洗って新しい薬湯を入れないといけないので、時間と人手と薬草が不足すぎまして……蒸し風呂なら患者さんの座るところにタオルを敷いておいて、使い終わったらそのタオルを洗って、という感じでやっていけるかと」

「なるほどね」

普通の蒸し風呂とは用途が違いすぎる。病に対抗するための緊急用の蒸し風呂なので、デザインとかは求めていない。全身に薬を染みこませることを第一に考えないといけない。

「じゃあ、ここの中庭にテントを設置すればいいのか」

「はい。あ、テントって熱した石を置いても大丈夫でしょうか？」

「ある程度は丈夫な布で出来ているが、さすがに直接置くのは無理だな。床面の一部は地面のままにして、そこに火に強いレンガで置き場所を作るか」

「はい。よろしくお願いします。ミリーさんに試しで入ってもらって、大丈夫そうなら順番に入ってもらおうと思っています」

ミリーとジュジュは最初からレイナとセレスが直接病状を診ているので、治り具合というものが分かる。劇的に回復するわけではないだろうが、今まで隠れていたりうまく塗れなかった部分にまで薬が行き渡るので、ただの塗り薬よりは効果があると思う。

「うまくいけば流行病も終わりそうだな」

ジークフリードの楽しそうな笑顔に、レイナは見てはいけないものを見たような気がした。

学生時代に見たジークフリードの笑顔はいつもうさんくさかったのだが、今のジークフリードは心の底から楽しそうに笑っている。これが月の聖女効果だろうか。レイナもこれで確信が持てた。セレスの相手は第二王子じゃない、この国王陛下だ。

というか国王陛下が自ら作ったテントの中で、月の聖女が作った薬湯蒸し風呂を体験出来るってものすごく貴重なことじゃないだろうか。歴史上、お初な気がしてきた。

しかも場所は花街だし。

「じゃあ作ってくるから、準備をしておいてくれ」

「はい」

部屋を出て行くジークフリードをセレスが見送っている。

どこの新婚さんなんだか……新婚どころかまだ告白もしていないのに、その表現がものすごくしっくりきていて違和感がない。レイナとユーフェミアは目を合わせて、ふう、という感じの顔をした。

まあ、来てしまったものは仕方ないし、国王陛下だろうがテントを作ってくれるのなら誰でも構わない。重要なのは赤水病を治すことだ。

「ミリーに準備をしてもらいましょう。薄手の服でも着ればいいかしらね」

「タオルを多めに持っていってもいいですか？　ひょっとすると、捨てる物も出てくるかもしれませんが」

「いいわよ。足りなくなったらどっかから貰ってくるから」

さっさと切り替えて、ミリーに蒸し風呂体験の準備をさせることにした。

今見たことは心の奥底にしまっておこう。自分たちの平穏のためにも。

◆

「どうですか？　ミリーさん」

「気持ち良いわね。薬が染みてちょっと痛いけれど、我慢出来ないほどじゃないわ」

中庭に設置されたテントの中で、ミリーは薬湯の蒸気を浴びていた。一応、セレスに今回使った薬草の種類と効能を教えられたのだが、はっきり言ってあまり覚えていない。ミリーからしたら、セレスは信頼出来る薬師なので、中身にどんな薬草を使っていようが彼女の作る薬が効けば全く問題ない。

セレスは、時々外から首だけテントの中に入れてミリーの様子をうかがっていた。

「あまり長い時間入っているとのぼせてしまうので、そろそろ出て来てください」

「はーい」

全身に汗をかいていて、さらに薬湯入りの蒸気のおかげで薄手の服がぴったり身体《からだ》に張り付いて気持ち悪いし動きにくい。

部屋に戻り、セレスに手伝ってもらいながら全身をこすらないように注意しながら拭いて、服を着替えるとやっと少し落ち着いた。

「セレスちゃん、服は考えた方がいいかも」

外に出てから部屋に戻るまでも割と一苦労だった。

「そうですね。もっとふわふわの服にした方がいいですね」

「そうね。まぁ殿方を悩殺するには、こっちの方がいい感じだけどね」

うふふ、と笑ったミリーにセレスの方がちょっと顔を赤らめた。確かに濡《ぬ》れた服がミリーの身体にぴったりと纏《まと》わり付いていて、綺麗《きれい》なボディラインが出ていた。ユーフェミアもミリーもセレスの憧れなので、未《いま》だに育ちそうにない己の身体と較《くら》べると何とも複雑な気持ちになる。

「セレスちゃんも、あの綺麗な顔のお兄さん相手にやってみたらどうかしら？」

「綺麗な顔……確かにジークさんはお顔立ちがお綺麗です。その上鍛えてるから、ひょっとしてジークさんに今のミリーさんの服を着せたらぴっちり筋肉が浮き上がるんでしょうか……？」

ミリーとしては、セレスにジークフリードを悩殺してみたらどうかという提案をしたつもりだったのだが、セレスの方はなぜかジークフリードがこの薄手の服を着てサウナに入る想像をしていた。

「……ねぇ、それ見たい？」

男性の身体にぴったりくっつく女性用の薄手の服。そこから筋肉が浮き出ていたら、それはもう禁断の領域に入ってしまう可能性が高い。

「すみませんでした」

セレスは素直に謝った。想像だけでお腹《なか》いっぱいになりそうだ。

「あれだけ良い男の方だと、短いズボンを穿《は》いてもらって上半身裸とかがいいかしら。滴る汗がとっても似合いそうね」

ミリーの想像の方が上手だった。水着みたいなものを着て汗をかく姿がジークフリードはとても似合いそうだ。そういえばこの世界に水着はない。女性はそもそも水の中に入らないし、男性陣はわりとパンツ一丁で海や川に入っている。

「水着、作ったら売れるのかなぁ？」

男性陣にはウケそうだが、女性陣には見向きもされなそうだ。だが夏の日差しは強いので、日焼け対策として薄手の長袖の羽織り物系は流行《はや》りそうだ。

「水着って何？」

「男性でも女性でも、水の中に入って泳いだりする時専用の服です。男性は膝くらいまでの短いズボン、女性物だと……形が様々ありますが、専用のブラジャーとパンツのみの服装が多いですね」

異世界知識だとそういうタイプの水着が多い。ワンピースタイプもあるが、どちらにせよこちらでは露出度は高めだ。もちろん本格的に水の競技をやっている方は身体にフィットした水着だが、そこまでは求めなくてもいいだろう。一応、この騒動が終わったらエルローズに相談だけはしてみよう。この世界に防水系の布があるのかどうか分からないが、男性用ならそれなりに需要がある気はする。

「うーん、さすがにブラジャーとパンツのみの姿で外に出るのは抵抗があるわねぇ」

「そうですねぇ。男性なら水着でも平気そうですけどね」

「筋肉を周りに見せつけたい方々なら率先して着るわよ。そして一日中、その姿でいそうで嫌ね」

「はい、同感です」

どう頑張っても海で泳ぐ姿より先にポージングした筋肉を見せたい方々の姿が思い浮かぶ。

「……日焼けオイル、作ろうかな」

黄金色に光る肉体に憧れを持つ者は、どの世界にもいると思う。綺麗にお肌が焼けるのならオイルの需要はあるのかもしれない。そして女性には日焼け止めを作れば売れる気がする。どの世界の男女も、お肌にはこだわりがきっとある。

「何か私、あんまり薬師っぽいことしてない気がしてきました」

どちらかと言うと美容系とかに走っている気がする。

「そうかしら？　今現在、セレスちゃんの薬に助けられている身としては、そんなことないわよ、と言えるわね。いいじゃない、薬師はアヤト様を筆頭にギルドがしっかりしてるんだから出来ることはそっちに回して、セレスちゃんは新しい物をどんどん作ればいいと思うわよ。だって、化粧水とかその日焼けオイル？　とかはセレスちゃんの発想で生まれるんでしょう？」

正確には異世界の知識だが、セレスが思い出さなければこの世界では生まれていない物ばかりなので、セレスの発想といえばそうなのかもしれない。

「個人的にはセレスちゃんにはそっち系の物を色々と生み出してほしいわ。化粧水とかにはものすごくお世話になっているもの」

今では花街の女性の誰もがセレスの作った美肌三点セットを愛用していた。ただし、まだお店がオープンしていなくて本格的に売りに出されていないので、花街の女性陣だけが知る秘密の三点セットとしてこっそり取引されている。一般にはまだ売られていなくて、貴族の女性もまだ使っていないこの美肌三点セットを自分たちだけが愛用しているというのは、ちょっとした優越感に浸れるようで、誰も外には漏らさないという結束ぶりを見せていた。

「そうだ。セレスちゃんもあのお兄さんも病気にはかかっていないわよね」

「はい、私たちは大丈夫です」

「なら、そうね、デート……じゃなくて、私の代わりにちょっと食べてきてほしいものがあるのよ」

花街が外から封鎖されているとは言え、中で一般の商売をしている店はちゃんと開いている。食事処《どころ》や雑貨屋などが並ぶ一角は、中にいる人間のためにも開いていた。普段は昼間に夜のお店の従業員が来ることはあまりないのだが、今は外の客が来ないので暇を持て余したお姉さんたちが堂々と買い物や食事に来ているらしい。

赤水病患者は全員、吉祥楼に放り込まれているので、今出歩いているお姉さんたちは運良く病にかからなかった人たちだ。すでに最初の発症者が出てから二十日ほど経過しており、ここ十日ほどは新規の発症者が出ていないので、広範囲に広がる前に抑えこむことには成功したようだった。

出歩いても大丈夫だろうということで、病気になっていない者たちは花街内なら自由に歩き回ることが許可されているのだが、少しでも体調に異変を感じたら部屋から出ないでレイナ先生を待つこと、というのは徹底されていた。

「あそこにあるカフェで新作のスイーツが出来たらしいのよ。暇こいた友人が手紙で知らせて来たの。何でも封鎖で人が減ったから試作する時間がめちゃくちゃあって、勢いで新作を作ったんですって」

カフェの店主であるミリーの友人は、手紙の末尾にさっさと病気を治して食べに来いや！、とちょっとだけ乱暴な言葉で心配を表現してくれていた。

「もちろん、病気が治ったらすぐに食べに行く予定だけど、彼女の作るスイーツって当たり外れがあってね」

甘さ控えめで果物の良さを引き出したケーキもあれば、一口飲んだだけで口の中に甘ったるさだけが広がるという何とも言えないジュースを生み出したこともある。

「病気明けに外れの方を食べたら味覚が死んでしまう気がしてならないの。だから、セレスちゃんとあのお兄さんで試食してきてほしいのよ」

試食という名のデートのお膳立てだ。百戦錬磨のミリーやジュジュがちょっとだけ見た感じでも、ジークフリードがセレスのことを好きなのは分かるが、セレスはまだそういった感情は無さそうだ。

ならばお膳立てをしなければ！

下手な男にセレスは任せられない。ジークフリードは冒険者の格好をしているが、絶対に上の方のお貴族様だ。セレスのことを大切にしているようだし、彼ならセレスを守りつつ、薬師の仕事を邪魔しないだろう。他に代えの利かない大切な薬師のお嬢さんは彼に任せよう、というのが花街のお姉さんたちの総意となった。

「試食ですか?」

「そうそう。ずっと私たちの看病をしてくれてたでしょう?　今はそれほどひどい患者もいないし、ちょっと息抜きしていらっしゃい」

「ミリーさん、ありがとうございます」

「まだ昼だし今から行って来たら?」

「今からですか?　そうですね、ジークさんにお伺いして大丈夫そうなら行って来ます」

「ええ、行ってらっしゃい」

笑顔でセレスを送り出したミリーが部屋で休憩していると、ノック音がしてユーフェミアとパメラが入って来た。

「調子はどう?」

「初日ですから何とも言えないですけど、でも今まで薬を塗れなかった場所にまで薬が届いているので、効いてる気がしてます」

「ま、そんなものね」

ユーフェミアとパメラがくすくすと笑っていた。

「お嬢ちゃんがミリーに試食を頼まれたからリド様とカフェに行って来るって出かけたけど?」

「あのお兄さんならセレスちゃんを任せてもいいっていうのが私たちの意見です」

ちょっとどこかで見たことが有るような無いような方だけれど、そもそも客も住人も花街にいる人間に素性とかを問うのはタブーの一つだ。本人が冒険者だと言うのならそうなのだ。それにわざわざここまでセレスに会いに来ているのだから間違ってないですよね？　と目だけで訴えるとユーフェミアとパメラは困ったような顔をした。

「んー、そうなんだけど」

「ちょっと複雑な方だからねぇ、あの方。ところでセレスちゃんってばちゃんと今日中に帰ってくるのかしら？　さすがにユーフェの時みたいに、十日間も帰って来ないとかはないと思うけど」

パメラの言葉に、ユーフェミアがパメラを思いっきり睨《にら》み付けた。

「私だってちゃんとその日の内に帰って来るつもりだったわよ」

「アヤト様が帰してくれなかっただけだものね」

「そうよ！」

笑顔で言ったパメラにやけくそになってユーフェミアは肯定した。しばらくはこのネタでからかわれ続けるのならさっさと肯定してやる。いちいち否定していたら、それもまたからかいのネタになる。

「うらやましいですねぇ、パメラさんにはそういう相手はいないんですか？」

「私？　当然ながらいないわね」

パメラはユーフェミアをからかうつもりだったのに、自分に流れ弾が来たのだが、即答で答えられるのでダメージはない。いないものはしょうがないじゃないか。お店のことやユーフェミアのアレコレでそんな暇なんてなかったし、作ろうとも思わなかった。恋をした兄が狂っていく様子を間近で見ていたので、恋愛なんてする気も起きない。

「うふふふふ、その内、きっとパメラにも出来るわよ。そうしたら、思いっきりからかってあげるわ」

ユーフェミアの目が若干怖いけれど、気にしたら負けだ。その内も何も、そんな未来は永遠に来ない。

「私はこの店の子とユーフェのお世話で手一杯よ。ここに新たに誰かが入って来たって、かまってあげられないわ」

一瞬ちらーっと幼馴染《おさななじみ》の顔が思い浮かんだが、アレがどこで何をしていて誰の手先になっていようがパメラにはもう関係ない。二度と会うことがないからこそ、思い出は美化されて美しいまま完結するのだ。

「私もそう思ってました」

「向こうはそう思ってなかったんでしょうね。でもユーフェには幸せになってもらいたいのよ」

「私だってここの皆には幸せになってもらいたいわよ。こんな商売してて何だけど」

「ふふ、幸せですよ。ユーフェさんとパメラさんのおかげでここの女性は皆、礼儀作法は教えてもらえていますし、お客様もそれなりの方ばかりですもの。卒業していった先輩方がたまに来てくれますけど、皆さん後輩たちのことを心配して良くしてくれますから」

時には身請けしてくれそうな人を紹介してくれたり、この店から卒業して普通に暮らしたいと言えば他の道を一緒に探してくれる。ユーフェミアとパメラがそうやってきたから、そのやり方を受け継いでくれているのだ。

「私の借金ももうすぐ終わりそうですから、それから先のことはまた相談させてくださいね」

「もちろんよ。貴族社会には戻してあげられないけど」

「今更あんな魔境には、戻りたくないですよ」

心底嫌そうな顔をミリーはした。ミリーの家は男爵家だったのだが、商売に失敗して多大な借金を負ってしまった。そのため、ミリーは花街にその身を売ったのだ。その時の借金も徐々に減ってきてもうすぐ終わりそうになったので、改めてこれから先のことを考えるようになった。

「若い時はともかくこれから絶対老いていくだけですから、どうするかは慎重に考えます」

「ミリーはまだ若いと思うけど、いつまでもそうじゃないものね。いいわ、いつでも相談に乗るからね」

「はい、よろしくお願いします」

女性たちは久しぶりの長い強制休暇をおしゃべりに費やすことにした。

第七章　次女と街歩き

「さぁ、セレス。行こうか」

当たり前のように差し出されたのはジークフリードのエスコートする手。

前回ははぐれるといけないからと言われて手を繋《つな》いでいたが、今回はそれほど人通りも多くない道ではぐれる心配などないので、セレスはその手を取るかどうか迷ってしまった。

けれどジークフリードはにっこり笑顔で差し出している。これを断ることなど出来ない。

「はい」

ちょっとした逡巡《しゆんじゆん》の末に、セレスはその手を取った。

「それで、ミリー嬢オススメのカフェはあっちの通りでいいのかな？」

「はい。あちらに普通に食料品や雑貨などを売っているお店と食事が出来るお店が混在している一角があって、そこにあるそうです」

カフェ『猫のしっぽ』は、看板に店名にもなっている猫のしっぽが大きく描かれているのですぐに分かるそうだ。可愛《かわい》らしい小物やスイーツを売りにしていて夜遅くまで開いているので、お姉さんたちもよく行く店らしい。

「ただ、ミリーさん曰《いわ》く新作スイーツは当たり外れが大きいらしくて、外れだった場合はただただ甘ったるいだけとか予想外の味になるそうです。ジークさんは、甘い物はお好きですか？」

「普段は食べないな。頭が煮詰まってくると食べたくなるが、それでもそんなに甘い物は食べない」

城の料理長にスイーツをオーダーしても、国王陛下の食の好みを完全に把握している料理長は甘味をあまり使わないスイーツを用意してくれる。一緒に飲む紅茶も砂糖は一切使わないので、甘味と言えるかどうか微妙な線だ。

「そうなんですね。私はたまにどうしても食べたくなるので買って来るのですが、まず買いに行くお店選びですごく悩みます」

エルローズがちょこちょことお裾分けと称して色んなお店のスイーツをくれるのだが、さすがエルローズが持って来てくれたものだけあってどの店のスイーツも大変美味《おい》しかった。ショートケーキや砂糖粉をたっぷりまぶしたふわふわなお菓子など、種類も豊富なので迷ってしまう。一度にそんなに食べきれないし、食べすぎたらお腹《なか》周りが気になるので購入はいつも慎重に吟味して、何が食べたいのかお腹とも相談して買っている。

「ああ、甘い物好きは皆そうなのかな？　俺の部下にも一人、ものすごい甘党がいるんだが、この間の旅行の時に仕事をしてもらったからその礼に王都の好きな店で使えるお菓子券をあげたんだ。そうしたらものすごく悩んでいたぞ。何を買うのか悩んでいるのかと思ったら、店を回る順番で悩んでいた。店によっては他の店と似たような商品を置いているから、被《かぶ》らないようにするんだと言っていたな」

本人の外見が優しげなので、スイーツ店に一人で入って行ってもそんなに違和感はないだろう。

どうせ腹に入れれば一緒なんだから、近くの店から順番でいいんじゃないか、とリヒトが軽く言って怒られていた。そんなんだからエルローズ様に相手にされないんですよ、とクリティカルヒットでリヒトを黙らせていた。そしてジークフリードにスイーツ選びは慎重に行い、相手の女性の好みを必ず把握すること、というアドバイスをくれた。スイーツのお店の情報を持っている女性は多いので、決してその意見を無下にしてはいけないそうだ。

さすがスイーツの情報戦で奥様に負けた人間は、言う言葉が違う。

「セレスはどんなスイーツが好きなんだ？」

ジークフリードは、アドバイスに従いさっそくセレスの好みを把握しようとした。

「基本は何でも食べるんですが、最近はまっているのは紅茶のケーキです」

「紅茶のケーキ？」

「はい。ふわふわの生地の中に細かく砕いた紅茶の葉が練り込まれていて、それに生クリームをかけて食べるのが最近のお気に入りです」

ジークフリード的には一口食べれば十分かな、というケーキだが、セレスのお気に入りだというのならば今度買ってきてもらおう。どうせその店のこともアイツは把握しているに違いない。

自称しがない中間管理職は、色んな意味で信用出来る情報を保有している。特にスイーツ関係は、右に出る者がいないという無双状態だ。その割に奥さんには負けたのか、と聞いたら、女性の情報網には実地体験が含まれているんです。それに実は店主の隠れたオススメ品とかを知ってるんですよ、と負け惜しみを言っていた。

「その店は外なのか？」

「そうです。何故《なぜ》かもうすでに懐かしい感じがします」

「ああ、ずっと封鎖空間で生きてるからな。じゃあ、封鎖が解けたら一緒に行こうか」

「いいんですか？　本気にしますよ？」

冗談だと思ったセレスは笑い飛ばしたが、ジークフリードの方は生憎《あいにく》と本気だった。

「いいよ、本気にしてくれて。ついでにスイーツ大好きな部下から新しい情報も仕入れておくよ。そうだな、王都以外の店もけっこう知っているから、また一緒に旅に出ようか。スイーツと薬草の旅の護衛として、雇ってくれませんか？」

茶目っ気たっぷりな笑顔で誘われて、セレスは笑いながら承諾した。

「それだと、メインがどちらか分からなくなりそうですね」

「薬師を連れ出すんだ、薬草がメインに決まっている。ただ、ちょっとそこに美味しそうなスイーツの店があるだけだよ。大丈夫、食べすぎたら歩けばいいだけだから」

良く効く薬草と美味しそうなスイーツが一緒の場所に存在しているだけなので、偶然見つけたスイーツをついでに食べてくるだけだ。薬草採取は疲れるので、時には甘い物だって必要なのだ。

「ここかな？」

手を繋いで歩きながらしゃべっていると、猫のしっぽのみが大きく描かれた看板が出てきた。

「そうですね。入ってみましょう」

ジークフリードとセレスが店内に入ると、甘い匂いが漂ってきた。店内は木目調の落ち着いた雰囲気でそれほど広くはない。お客も今は数人しかいないようだ。

「いらっしゃいませ」

女性が一人、にこやかな笑顔で出迎えてくれた。

「あの、ミリーさんにここを教えていただいたんですが」

「あら、ミリーの知り合い？」

「はい。薬師をしているセレスと申します」

「お嬢さんが！」

女性は周りを見ると、セレスに小声で話し始めた。

「ごめんなさいね。ミリーの様子を聞きたいの。でもさすがにちょっと大声では、ね？」

「そうですね。ミリーさんはほとんど治ってきてはいるんですが、まだ斑点と痛みがあるので今は新しい治療法に協力してもらっている最中です」

セレスも周りにあまり聞こえないように、ミリーの様子を伝えた。

「そう、ありがとうね。それで、ミリーから何を聞かされたの？」

「新作のスイーツが出来たから、試食をしてきてほしいと言われました」

「分かったわ。じゃあ、私のオススメを用意させてもらうわね。あちらの奥の席にどうぞ。あ、そちらの……恋人さん？　も同じでいいのかしら？」

外見的年齢差に少し迷ったが、こうやって仲良く手を繋いでいるのだから恐らく恋人で間違っていないだろうと思って問いかけた。言われた方は、セレスが何か言う前にさっさと答えていた。

「俺も同じでいいよ」

ジークフリードはこうやって手を繋いでいると恋人として見てもらえるのだな、と納得してこれからも積極的に触れ合っていこうと誓った。

セレスの方は、頭が真っ白になった時にはもう当たり前のようにジークフリードが返答していたので、どうして良いのか分からなくなった。ただ、ここで急いで否定しても、またまた、みたいな生温かい目で見られそうだったのでもう何も言わないことにした。

「セレス？　どうした？　行くぞ」

優しく手を引かれてそのまま奥の席へと向かおうとしたら、最近知り合ったばかりの人が、座ったまま驚いた表情でこちらを見ていた。

「あれ？　マリウスさん？」

「やっぱりセレス嬢、それにリド」

優雅に一人で座っていたのはマリウスだった。マリウスを見つけた瞬間からリドの顔が不機嫌そうになったことに、横にいたセレスは気が付かなった。真正面にいたマリウスには思いっきり見えたのだが、これは本当に偶然なのでそんな思いっきり潰す的な表情は止《や》めてほしい。ここは用事があるとか言って店から出るべきなのかもしれないが、マリウスもつい先ほど来たばかりなので、注文の品が届いていない。ここの新作スイーツが美味しかったらお土産で買って帰れるのか聞いて、出来ればエルローズへの贈り物にしたい。

なので、ここで引くわけにはいかない。

「やあ、リド、偶然だね。うん、本当に偶然だね」

にこやかに二度も偶然を強調してみた。リドが納得してくれたのかどうかは分からないが、意図的ではないよ、ということを強調しておかないと、後が怖い。

「そうか、偶然なんだな」

「もちろん。ローズのために色々と調査をしているんだ」

最近は王都にいなかったので、王都の中では現在何が流行《はや》っているのか全く分からない。取りあえず最終的には一番最近流行っているものと、これから流行るであろうものを早めに押さえておきたいと思い、こうして王都の表の店も裏の店も自分の目で確かめて回っていた。

「マリウスといつ知り合ったんだ?」

せっかくのデートを邪魔されてちょっと不機嫌になったことを悟られないように、ジークフリードはセレスにとてもにこやかな笑顔で聞いた。

「つい先日です。弟の親友がマリウスさんの弟さんなんです。その関係で知り合いました」

「そうか」

セレスには笑顔だが、マリウスはジークフリードに咎《とが》められている気がした。

一応、あの出会いも偶然と言えば偶然なんだけど、ジークフリードのセレス限定の心の狭さを垣《かい》間《ま》見《み》た。

「どうしてこちらに？」

「この店はうちが材料を卸しているんだよ。で、新作のスイーツが出来たと聞いたから食べに来たんだ」

「でも封鎖中ですよね？」

「荷物を運ぶ業者は通行を許可されてるんだ。だから今日の荷物は、俺が運んで来たんだよ」

さすがに全て封鎖してしまっては、中の人間たちが困ってしまう。なので、吉祥《きっしょう》楼《ろう》周辺以外は業者の出入りは許可されていた。

「セレス、この男は大丈夫だ。俺たちと一緒で銀の飴《あめ》を貰《もら》ったことがあるからな」

仕方ないとばかりに擁護したジークフリードの言葉にセレスが驚いた顔をした。セレスの周りには銀の飴を貰った人間が多い気がする。

「セレス、あれは君に関わるであろう人間に渡された物だよ。だから、マリウスはセレスの味方だ。そうだろう？」

「おっしゃる通りです」

ジークフリードの笑顔が怖い。ここでＮＯと言える勇気は持ち合わせていない。

「しかし、銀の飴？」

「覚えていないのか？　マリウス。昔、母の家で銀の髪のお姉さんに貰っただろう？」

「え？　あれって現実だったのか？」

思い出したが、てっきり白昼夢か何かだと思っていた。何を言われたのかあまり良く覚えていないが、銀の髪の女性なんて一人しかいない。そして目の前には『ウィンダリアの雪月花《せつげつか》』。

「あぁ、そういうことか、やっと繋がったよ」

自分もまた、こうして繋がりを持つ者だったからこそ、銀の飴を貰えたのか。

「そうか。うん、納得した。リド、存分に使ってくれ」

自分の目で見て、会話をして確かめた。

ジークフリードのためならどんなことでもやるつもりだが、同時にセレスティーナに対しても同じ思いを持った。だからこそ出た言葉にジークフリードはゆっくりと頷《うなず》いた。

何かを理解しあっている男二人の会話に何となく入りづらい感じがしたので、セレスは何も言わずに首だけ傾《かし》げた。

「セレス嬢、本当に何でも言ってくれ。君のためなら何でもするからね」

「……何か口説かれている気分です」

「いや、違うから！　リド！　殺気を収めろ！」

セレスの言葉にジークフリードの空気が一瞬で変わった。確実にヤル気に満ちた。そんな空気はいらないから。

セレス嬢には、もう少し言葉を選んでいただきたい。

「俺も何でもするよ？　だから、何かあるなら俺に先に言ってほしいな」

ジークフリードがにっこり笑っているのだが、笑顔が怖い。

「は、はい」

ジークフリードの纏《まと》う空気が「はい」という言葉以外を拒んでいる。セレスもちゃんと空気を読んで正解の回答を出した。

「よかった。ここでマリウスに先に言うとか言われたらどうしてやろうかと思ったよ」

「俺もどうされるかと思ったよ。セレス嬢、君の言葉でこの男はどうなるか分からないからね。慎重にお願いします」

「気を付けます」

言葉には本当に気を付けようと思っている。一度、口から出た言葉は、それがどんな言葉であれもう戻せはしないのだ。

『言った方は忘れても、言われた方は忘れないんだよ』

昔、誰かにそう教えられた。それが褒め言葉や良い言葉ならいいのだろうが、たった一言で全て

が終わってしまうような言葉もあるのだと。マリウスが言ったこととはちょっと違うかもしれないが、本当にジークフリードはセレスがお願いしたら何でもやってくれそうで怖い。

「ジークさん、私が間違っていたら止めてくださいね」

「分かったよ。セレスはきっと変なことは言わないと思うけど、間違えそうになったら全力で止めるよ」

「お願いします」

笑顔のジークフリードと真剣な目をしたセレスが見つめ合った。

何なんだろう、これは。マリウスは目の前で何かいちゃつかれた。あと、セレス嬢、ジークフリードの言葉の後ろにちょいちょい『一生』とかいう言葉がちらついていることには気付いているんでしょうか？　もちろん気付いてないですよね。そうですよね。俺は余計なことは言いません。

セレスに微笑《ほほえ》むジークフリードから、マリウスに無言の圧がかかってくる。こっちを見ることもなく器用に圧だけかけるのは止めてください。

マリウスは切実に願った。

「あ、そうだ、マリウスさんも新作のスイーツですよね？　ご一緒してもいいですか？」

もっと圧がかかる案件が急に飛び込んで来た。

だから、セレス嬢。色んな意味で気を付けてほしかった。

そしてどれだけジークフリードが怖かろうが、セレスからの提案を断ったらそれはそれで後が怖いので、マリウスは「もちろん」と笑顔で応えた。

「お待たせしましたー。そちらの席にご一緒でよろしいですか？」

絶妙なタイミングで三つの器に盛られたスイーツをお盆に載せた女性が現れたので、セレスとジークフリードはマリウスと同じテーブルに就いた。

「こちら、新作の四角いクリームです」

器に盛られていたのは、四角く固められたキャラメル色のクリームとその周りを飾る小さな果物たち。そしてたっぷりの生クリーム。

「……これは……」

異世界の知識によれば、形こそ少し違うがこれは「プリンアラモード」と言われる物ではなかろうか。

「あの、これの名前って？」

「まだ決めてないんです。お店では通称・しかっくんとか呼んでしまってるんですけどね」

味はどうなのだろうか。あの味なのだろうか。覚悟を決めてセレスはスプーンですくって口の中に入れた。

その瞬間、口の中に広がったのは甘さというより甘酸っぱさ。

見た目プリンだと思ってしまったので、口の中に入れた瞬間に甘酸っぱい味が広がるとは思ってもみなかった。なまじあちらの世界のプリンアラモードが甘いということを知っている分、酸っぱさが妙にくる。

「酸っぱい？」

「ああ、確かに」

「だが、何故かクセになりそうだな」

一口食べたら二口目もすぐに行きたくなる。

「友人がいつも私のスイーツを甘すぎると文句を言うので、ちょっと趣向を凝らしてみました」

見た目完全に甘い物なのに、実際に食べるとすっきり感の方が残る。

それに熱で苦しんでいる者もいる吉祥楼の若手さんたちも、これなら食べてくれそうな気がする。

「あの、これって数はありますか？」

「ごめんなさいね。材料があまり手元になくてこれで最後なの」

「あ、そうなんですね」

しょんぼりした様子のセレスにジークフリードがマリウスの方を見た。マリウスはジークフリードのアイコンタクトを正確に読み取った。

「材料なら今すぐにでも集めてくるよ。それでセレス嬢の望む数を作ってあげてくれない？」

マリウスの言葉にセレスと女性が驚いた。

「ストラウジ商会の名にかけて」

「いえいえ、そんな大層な材料ではないので」

慌てて女性は否定したが、マリウスの後ろからかかってくる無言の圧が強いのでぜひ作ってほしい。

「セレス嬢、病気で苦しんでいる女性たちに食べさせてあげたいのだろう？　これなら、食べやすいからね」

「まぁ、ありがとうございます。それならお言葉に甘えて材料をお願いします」

「すぐに運ばせますので必要な物をおっしゃってください」

（これでいいですね？）

（ああ）

という無言の会話が、マリウスとジークフリードの間で飛び交った。

見た目はものすごく甘そうでありながら食べると甘酸っぱいというスイーツ、しかっくんは吉祥楼に集まっていた女性たちに大好評で、口コミでその評判は広がっていった。

そして後日、それぞれの店に帰った女性たちからまた別の女性たちに広がり、いつの間にか花街名物の一つとして数えられるようになったのだった。

◆

マリウスと別れた後、セレスが寄りたい場所があると言うと、ならついでに花街の中を散歩して帰ろうか、という提案をされた。

　セレスは基本的に昼間しか来ないが、吉祥楼に行くことが多いのであまり花街の奥の方へは行ったことがない。ジークフリードは逆に夜しか来たことがない。それもその時はリリーベルの信者を追いかけていたので、あまり街中に注意を払ってはいなかった。それからは忙し過ぎて外に出ることも稀《まれ》な生活を送っていたので、少しだけ自由な時間が持てるようになったのはつい最近だ。

　当たり前のように手を繋ぎながら歩き始めて、セレスはふと思い出した。

　そもそもセレスが花街に来た理由は、ユーフェミアに会ってリリーベルという女性のことを聞くためだった。来てすぐに赤水病《せきすいびょう》の騒動に巻き込まれ、ずっと薬を作っていたのですっかり忘れていた。吉祥楼に戻ったらユーフェミアとパメラからしっかり話を聞こう。

「どうかしたのか？」

　セレスが急に何かを考え込み始めたので、ジークフリードが怪訝《けげん》な顔をして聞いてきた。

　ジークフリードもリリーベルを直接知っているはずだということを思い出したので、セレスは思い切ってジークフリードにもリリーベルのことを聞いてみることにした。

「あの、ジークさん」

「ん？　どうした」

「師匠からリリーベルさんの話を聞いたのですが……」

「師匠？　ああ、アヤトのことか。そう言えば髪をばっさり切ったと聞いたな。ユーフェミア嬢のためにずいぶんと思いきったな。あれだけ切るのを嫌がっていたのに」
幼かった頃に一度、騎士こそ理想の男だと信じていた子供にアヤトは髪の毛のことで揶揄《やゆ》された
ことがあった。言葉だけならともかく、力ずくでアヤトの髪の毛を切ろうとしたその子供は見事に
アヤトに投げ飛ばされていたので、あれはあれで見た目にだまされるなという良い教訓になった。
その時アヤトに投げ飛ばされた彼は、今現在は騎士団の中でも油断しない男と言われている。
からかわれるだけでも怒るくらいにこだわっていた髪型だったのに、ユーフェミア嬢が嫌いだと
言ったらすぐに切るとは。
「まあ、いい機会だったということだな」
「短い髪の毛の師匠もなかなか格好良いですよ」
「……そうか、俺も切ろうかな」
「ジークさんは今の髪型がステキです。師匠は、お姉様からの変化だったので」
「じゃあこのままでいよう」
マリウスに言葉に気を付けるように忠告を受けたばかりだというのに、うっかりジークフリード
の地雷を踏みそうになった。あわてて今の髪型が良いと言ったら何とか収まってくれて良かった。
「髪型じゃなくて、そのリリーベルさんのことなんですけれど」
若干言いにくそうにセレスが再度切り出したが、兄のことについてはもう割り切ったし、気持ち
も落ち着いているので話題に出すのも嫌という訳ではない。

「リリーベルか。アヤトからどこまで聞いた？」

「ユーフェさんの義妹で、十年前の事件の首謀者だと聞きました」

「そうだな。魅了の薬を使われたとはいえ、兄貴はアレのどこが良かったんだろうな」

甘ったるくて胸焼けしそうな気配を纏っていた少女。

セレスとは正反対のような存在だ。

「一つ分かったのは、俺と兄貴は女性の好みが相容《あいい》れなかったようだということだな」

思えば兄の妻であった王妃も、ちょっと甘めの雰囲気を持つ女性だ。ふわっとして守ってあげたくなるような女性が兄の好みであったらしい。ならばもし、今、兄が生きていたとしてもセレスには目を付けなかっただろうから、『ウィンダリアの雪月花』を巡って兄弟争いとかはしないで済んだ可能性が高い。

「好みは、ひとそれぞれですから」

「そうだな。まぁ、それはいいんだが、俺から見たリリーベルは正直気持ち悪かったな。まるで黒い霧のような得体の知れないモノが纏わり付いていたんだが、残念ながらそれは俺以外の誰にも見えていなかったんだ」

あのアヤトでさえ黒い霧は見えていなかった。リリーベルがしゃべる度に言葉と一緒に外に出て、微笑む度にその相手を搦《から》め捕ろうと伸びていった。

「何か呪われてるんじゃないかと思ったくらいだ。今思えば、それはリリーベルが何としても手に入れようとした、その執念みたいなモノが見えていたのだろうが、とにかく俺はムリだったな」

リリーベルの母と父の姿は裁判の時に見かけたが、黒い霧は発生していなかった。最後の最後、兄が彼女をかばったが、兄ごと剣でリリーベルを貫きその生命を終わらせた時、ようやく全身から出ていた霧がなくなり、リリーベルを見ても気持ち悪いとは思わなくなっていた。

「リリーベルの最大の武器は言葉だ。確かにあのふわっとした外見と魅了の香水の効果もあったのだろうが、彼女は言葉を選ぶことがものすごく上手《うま》かった。会話の中から今、相手が一番欲しがっているであろう言葉を探り出して無邪気に言うんだ。私も貴方《あなた》と同じ考えです、という風にね。言われた相手はリリーベルが元々、自分と同じ考えを持っているのだと喜ぶ。自分以外にも同じ考えの持ち主がいるっていう仲間意識が出来る」

当然ながら否定する者より肯定してくれる者の方に天秤《てんびん》は傾く。○○は否定したがリリーベルは自分と同じ、だから彼女を守ることは自分を守ることだ。そんな考えに囚《とら》われる。

「当時、俺と兄はちょっと複雑な関係になっていてね。俺自身は兄を支えるつもりだったんだが、一部の者たちが俺を当主に、と密《ひそ》かに言っていたんだ。理由は、この見た目」

「見た目、ですか？」

「そう。俺の見た目はその昔、大活躍したご先祖様にそっくりなんだよ。俺も残っている絵を見て驚いたんだが、生まれ変わりかと思うくらいにそっくりだったよ」

歴代の王の絵が飾られている場所にある彼《か》の王の絵。最初の『ウィンダリアの雪月花』と出会った王。

ジークフリードの外見は彼にそっくりだった。黒い髪も紫の瞳も何もかも。

父母も、いくら先祖といえど似すぎだろう、と呆《あき》れたくらいだ。

幼い頃から何となく似ていると言われていたらしいが、成長するにつれてさらに似ていったジークフリードに一部の者たちが暴走しようとしていた。

先代の王が、後を継ぐのは兄の王太子だと宣言していたにもかかわらず、彼らは何とかジークフリードを王に、と望んでいた。兄弟の仲は普通に良かったのだが、兄はそのことで少し悩んでいる様子だった。

ジークフリード自身は臣下に降《くだ》って兄を支えると明言していたのだが、それでも一部の人間は諦められない様子だった。

「まあ、その辺りがつけ込まれる原因の一つではあったと思うが、リリーベルはわずかな会話から人の心を読み取るのが上手かった」

「見た目だけの女性ではなかったんですね」

「そうだな。一度、リリーベルの言葉に落ちればその心地好《よ》さから抜け出せなくなっていたらしい。何と言っても彼女はいつでも自分の話を聞いてくれて、絶対自分を肯定してくれる。ならば自分と同じ考えを持つリリーベルのためなら何でもやろう、そんな感じで信者を増やしていったんだ」

「それっていつしかリリーベルさんの言葉が自分の言葉、という風になっていきませんか？」

「なっていたな。魅了の香水の効果も相まって、大半のやつらが自分で考えることを止めていた。考えるのはリリーベルの担当で、その考えの通りに動くのが自分。リリーベルの考え＝《イコール》自分の考えになっていたから、さぞかし楽だっただろうな。そこまでリリーベルに傾倒していなかった連中でも、彼女がそう言うなら、くらいにはなっていたな」

死んだ人間たちは、ほとんどがただの手足と成り果てていた。だからこそ、頭脳であるリリーベルが死んで生き残っていた手足たちは何も出来なくなった。精神が壊れていた。

「そうなると、魅了の香水はそれ単体ではそれほど効果がないのでしょうか？」

魅了の薬にプラスアルファの要素が満たされて、初めて人の洗脳に成功するのだろうか。

「匂いだけで大勢の人間の心を操ることは、さすがに難しいのかもしれないな。確実な効果を期待するのならば、匂いと何かが必要なのかもしれない。リリーベルの場合は薬と肯定の言葉だったが、例えば薬と絶対的な命令、といった感じのものが必要なのかもしれん」

さすがにこればっかりは実験するわけにはいかない。一度魅了の薬に落ちてしまえば元に戻す術《すべ》がないのが現状なので、気軽にやるわけにはいかない。

「魅了の薬の解毒薬だけあっても、元には戻らないんでしょうか」

「魅了の薬にはまった時点ですでに狂ってしまっているからな。絶対に無理だとは思わないが、周りの協力も必要だろうな」

十年前、リリーベルの信者たちは誰の言葉も聞き入れなかった。おかしくなっていく様を止められなかった。

「魅了される匂いの中で自分が最も欲しい肯定の言葉を言われるのって、すごく気持ち良いでしょうね」

「少なくとも、以前セレスが作った塗り薬のあの薬草臭テロよりは気持ち良いだろうな」

くすくすと笑いながらジークフリードがあの時のことを持ち出した。

「あれは薬師の伝統なんです。仕方ないんです」

ぶすっとしたセレスが可愛かったのかジークフリードはさらに笑い出した。

「あははは、悪かったよ。同じ匂いでも大分違うからな」

「そうですね。じゃあ、もし今度同じように魅了の香水が振りまかれたら、対抗措置としてあの臭いをバラ撒《ま》きます。薬師ギルド伝統の薬草臭テロですから、魅了の香水の匂いくらい軽く吹き飛ばしてくれますよ」

「そうだな。一気に正気に戻りそうだ」

匂いには臭いで対抗するのも有りかもしれない。セレスがあまり真剣に考えすぎないようにと思ってあの時のことを持ち出したのだが、案外対抗措置としてはそれが正解なのかもしれない。

「もし俺が変な薬を嗅がされそうになったらお願いするよ」

「はい。任せてください。すぐに正気に戻して差し上げます」

力強くセレスは頷いた。

「ああ。っとセレス、ここが月の神殿だ」

セレスが行きたかった場所というのは、月の神殿のことだった。

月の女神が女性の守護者でもあるので、こうして花街には小さな神殿が作られていた。普段、薬師ギルドがお世話になっている月の神殿は聖泉があるがここにはない。ここはあくまでも女性たちのための祈りの場なのだ。

「いつも行く大神殿は確かにすごいと思うのですが、その、仕事の関係で行くことが多いですし、観光でいらしている方も多いので祈りの場というにはちょっと違うのかな、と思いまして」

「そうだな、普段のあそこは純粋な祈りの場というよりはちょっとした観光地であり、月の神殿全体の言ってみれば役所みたいな雰囲気はあるな」

国内の月の神殿の纏めを担っているだけあって、多くの人間が働いていてどうしても静謐《せいひつ》とは無縁な感じになってしまっている。それはそれで必要なことなので仕方ないが、純粋に祈りを捧《ささ》げたいのならこうした小さな神殿の方が落ち着いて出来る。

「セレスは月の女神様に祈りたいのか？」

「……ジークさん、私は多分ですが、今までの方々とはちょっと違うと思うんです。特殊な能力があるわけではありませんし、記憶を受け継いでいるわけでもありません。それがどうしてなのか、ちょっとだけ聞いてみたいんです」

答えが返ってくるとは思えないけれど、天にいる女神に聞いてみたい。

「そうか。好きなだけ聞けばいい。運がよければ何か答えてくれるかもしれないよ」

「そうですね」

セレスとジークフリードは、神殿の中に入って行った。

神殿の中央には、花を抱いた月の女神の像が建っていた。大人の女性くらいの大きさの神像なので、表情が良く見える。女神は小さく微笑んでいて、慈悲深い表情をしていた。

ジークフリードから離れてセレスが女神像の前で祈り始めた。

女神様、貴女《あなた》が私の母だというのならば、私は何をすれば良いのでしょうか？　どうして私は何も受け継いでいないのでしょうか？

ずっと思っていた。『ウィンダリアの雪月花』として生まれたけれど、特に何かの使命があるわけでもなく普通に生きる毎日なのだ。異世界の知識はあるけれど、それだって文明が違い過ぎて出来ることと出来ないことの差が大きい。何も出来ないことが多いけれど、それでもこの髪と瞳、そして血筋から『ウィンダリアの雪月花』と呼ばれ大切にされている。

「あらあら真剣な顔をしているのね。何かお悩みかしら？　お嬢さん」

セレスが祈っていると、いつの間にか目の前にシスターが姿を現していた。

「あ、はい。その、私はどうすれば良いのかと」

「好きに生きればいいのよ。今までの雪月花たちは、どうしても制約の中でしか生きられなかった。旅行さえもまともに行けなかったのよ。いいこと、貴女の持つ『ウィンダリアの雪月花』という称号は今までのものとは違うわ。守るという名目で束縛されるものではないの。手出し出来ないものなの。だから、貴女は貴女の好きなように生きればいいのよ。この国が嫌なら他国に行けばいいわ。本来なら他の娘たちも普通に生きるはずだったのよ。そうやって色々なことを学ぶはずだったの。でも出来なかった。だからこそ、わたくしたちは貴女の普通の生活を望むのよ」

シスターの言葉にセレスが驚くと、彼女は深い青の瞳でセレスを愛《いと》おしそうに見つめた。

「あら？　セレスティーナ、貴女、まだ全てが解放されたわけではないのね。少しだけ楔《くさび》が残っているわ。うーん、でもまぁ、それは彼の頑張り次第かしら」

ふふふ、と楽しそうに、でもどこか懐かしむようにシスターが笑った。

「セレスティーナ、貴女の傍《そば》にいるのは太陽神の流れを持つ者よ。あの血の持ち主は愛情深いけれど諦めも悪いからね。まったく、どうして最後の娘である貴女の出現に合わせるようにあの血まで復活しているのかしら。お母様が上で問い詰めてる最中だけど、貴女の害になることは絶対にないわ。太陽神と違って誠実そうだし、こうなったら好きなだけ利用しちゃいなさい」

傍にいる、というのはジークフリードのことでいいのだろうか。まさかの太陽神の流れを持つ方だったのか。それに太陽神と違って誠実そう、ということは太陽神は違うのだろうか。

「あの、貴女は？」

「セレスティーナ、わたくしたちの可愛い末っ子。悩むことなんて何もないのよ。特殊な能力も過去の記憶も何も持たないからこそ、貴女は今までの子たちと違う生き方が出来る。お母様が最初に望んだように」

そう言ってセレスはシスターに抱きしめられた。同時に彼女から香るほのかな良い匂いにセレスも包まれた。

「この香りは……？」

幻月《げんげつ》の花《はな》の匂いとは違う、甘い花の香りなのだけれど、同時に何故か懐かしさを感じた。

「覚えておいてね、セレスティーナ。これはお母様が地上に降りた私たちを心配して一緒に持たせてくれた花の香り。いつかきっと貴女も実物を見ることが出来るわ」

そう言ってシスターはさらにセレスを抱きしめた。


「……レス！　セレス！　どうしたんだ？」

「え？」

ジークフリードに呼ばれてはっとした。セレスが周りをきょろきょろと見回しても、先ほど出会ったはずのシスターはいなかった。いるのはセレスとジークフリードだけだ。

「どうしたんだ？　急にぼうっとして」

「……今、シスターがいませんでしたか？」

「いや？　誰も来てないよ」

白昼夢というやつだったのだろうか。それにしては抱きしめられた感触がはっきり残っているし、何というか現実だったとしか思えない。

「シスター、ねぇ。ひょっとしたら女神様がセレスの疑問に答えるために誰かを送り込んできたのかな？」

「そうかもしれません」

ジークフリードにシスターに出会ったことを言うと、否定されずにそう返された。

「そのシスターに、ジークさんを好きなだけ利用しちゃいなさいって言われたんですが……」

「女神様の思《おぼ》し召《め》しならいくらでも利用してくれて構わないよ」

楽しそうに言うジークフリードに、セレスは何となくほっとした。

太陽神の話は保留にしておこう。この国だって太陽神への信仰は篤《あつ》い。シスターの言葉を信じるなら不誠実らしいが、さすがにそんなことは言えない。あの言葉は実際の太陽神を知っているから出たのだと思うので、会ったこともない太陽神のことは何も言わないでおこう。

「それで、シスターは何と？」

「今までの雪月花たちは旅行にさえも行けなかったから、私は好きに生きて良いのだと」

「そうか。良かったな」

「はい」

全部がすっきりしたわけではないが、普通で良いのだと言われて、何かしなくてはいけないことがあるのかも、という思いはなくなった。

「他には？」

「えーっと、この国が嫌なら他国に行けばいい、って」

その言葉を聞いて、ジークフリードが笑顔のまま固まった。

「……この国が嫌なのか？」

「あ、違います。嫌いじゃないです。この国には大切な人たちもいますし、出て行く理由はありません」

なぜか一生懸命否定しなければならない気がして、セレスは必死になった。

「そうか、良かったよ。まぁ、セレスがこの国を出て行くというのなら一緒に行くけれどね」

そしてなぜかジークフリードは、一緒に出て行く気になっていた。

否定しておいて良かった。本人は教えてくれないが、ジークフリードはこの国でもけっこう重要な地位にいる人ではないかとセレスは思っているので、そんな人が出て行ってしまったらものすごく困ると思う。

「旅行くらいがちょうど良いです。それならジークさんもここに帰って来るので大丈夫ですよね？」

「俺のことを心配してくれるんだね。大丈夫だよ。いざとなったら仕事は何とでもなるから」

ついこの間の旅行から帰った時も仕事の方は大丈夫だった。甥《おい》っ子《こ》はおかしな政策は執《と》っていなかったし、書類もジークフリードが決済しなくてはいけない物以外は何とかなっていた。ただ、ジークフリードが帰ってきた翌日、甥っ子は実に久しぶりに熱を出して寝込んでしまい、リヒトに「知恵熱ですか？　まだまだお子様ですね」と呆れられていたが、すかさずヨシュアに「お前は熱が出るまでエルローズ様のことで悩んでんじゃん」と言われていた。どっちもどっちだ。

「セレス、もし本当にこの国が嫌になって出て行きたくなったらすぐに言ってくれ。改善出来るところはして、セレスがここにいたいと思ってくれるような国にするから」

現職の国王として『ウィンダリアの雪月花』を他国にくれてやるわけにはいかない。出来ればこの国で生きてほしい。

「はい。大丈夫ですよ。当分、出て行く予定はありませんから」

「ああ、その予定が急に変わったら教えてくれればいいさ」

再び手を繋いでセレスとジークフリードは神殿から出て行った。

◆

「リリーベルのこと？」

「はい。私、ユーフェさんにリリーベルさんのことを聞きに来たら赤水病の騒動に巻き込まれたことを思い出したんです」

「あらあら、うっかりリリーベルのことは忘れていたのね。それどころじゃなかったしねぇ」

「正直、昨日まではリリーベルさんのことはすっかり忘れてました」

「正直で大変よろしいわ。リリーベルのことなんて永遠に忘れてくれていて構わないのよ、と言いたいところだけれど、魅了の薬のことがあるものね。お嬢ちゃんは気になるわよね」

「気になります。特に魅了の薬の原材料とかが」

ジークフリードと甘酸っぱいプリンアラモードらしきものを食べに行った翌日、一息ついたところでセレスはユーフェミアにリリーベルのことを聞いた。

休憩モードになっているので、机の上に紅茶とセレスが買ってきた焼き菓子が置かれている。当然ながら四人分で、セレスとユーフェミアとパメラ、そしてジークフリードがイスに座っていた。

「リリーベル、ねぇ。私はあまりしゃべったことはなかったけれど、ユーフェの義妹は色んな意味で学園の有名人だったわね」

セレス以外、ここにいる者にとっては騒動の原因となった厄介者だ。パメラの兄は信者だったが、パメラ自身は彼女に好意なんて欠片《かけら》も抱かなかった。

「そうね、実は私もなの」

「ユーフェさんの義妹さんですよね？」

別々に暮らしていたとのことだったが、一応、ユーフェミアとは姉妹の関係になるので他の人間よりは詳しいのかと思っていたのだが、案外そうでもないようだ。

「そうなんだけど、私はあちらに嫌われていたのよ。リド様、当時のリド様はどこまでリリーベルについて調べられましたの？」

下手したらユーフェミアよりジークフリードの方がリリーベルのことを良く知っている可能性が高い。何せユーフェミアはソレイル子爵家の余分な娘として扱われていたのだ。意識的に関わらないようにしていた分、あの家族については知らないことの方が多い。

「リリーベル・ソレイル。ソレイル子爵の後妻の娘で子爵家との血縁関係はなし。ただし、子爵は実の娘以上に彼女を可愛がっていて、本来なら学園に入学するにしても一般枠だったにもかかわらず強引に貴族枠で入れたと聞いた。成績は中の下の辺りをうろうろしていたようだったが、先生によっては彼女の点数を不当に高く採点していたので後に処罰の対象となった。性格は表向きは天真《てんしん》爛漫《らんまん》、裏では強欲の塊。欲しいものは何であろうと、誰であろうと手に入れなくては気が済まない性格をしており、その手法は言葉巧みに相手に近づき、あくまでも自分ではなく相手が主となって自発的に貢ぐ形を取っていた。序盤はこんな感じか」

問われたジークフリードがすらすらとそこまで一気に言い切ったので、女性三人で思わず拍手を送ってしまった。

「これがまだ序盤なら中盤と終盤はどうなるんでしょう？」

「最終的には死んでお終《しま》いだ。言っておくが、彼女の最後は俺が止《とど》めを刺したわけじゃないぞ。リリーベルには、何らかの薬害の症状が出ていたらしい。原因が魅了の薬を大量に使った香水なのか、それとも他の薬なのかは分からないが、あいつが気持ち悪い感じでしゃべり始めたと思ったら、すぐに心臓の辺りを押さえて吐血して倒れたからな」

無理矢理連れていかれた屋敷で、リリーベルがいかに自分が正しいのかということを熱く語り始めたと思ったら、いきなり心臓を押さえて吐血した。さすがにあれには驚いたが、リリーベルの傍にいた兄がうろたえていたから恐らく最初で最後の吐血だったのではないだろうか。その後、錯乱した兄に襲われたのでエルローズを守るためにも仕方なく兄をその手にかけた。後悔は一切していないが、今思えば相当不自然な最期だった。

「何か呪いみたいですね」

「なら呪った張本人はさぞやご満悦だっただろうな。何と言っても最後の最後、一番良い場面で無理矢理退場させることに成功したんだからな。タイミング的には、完璧だったよ」

言ってみれば物語の中で、最後に悪役が勝ち誇り勇者たちが悪を滅ぼそう、という場面で悪役の強制退場を行われたのだ。何とも言えない幕切れだったので、こちらは消化不良感が満載だった。

「だがリリーベルは、話が違う、そう言ってはいたな。誰に言われたのか知らんが、あれほど厄介な薬だ。香水としてずっと身に纏っていたし、使った本人に害がないとは思えない」

「そうですね。原材料次第ですが、皮膚からの吸収もありますので、長期間使用していたのなら、薬物の害が出てもおかしくはありません。まして人の心を操る薬です。相当強く効く薬だと推測されます」

少量ならば薬。大量ならば毒。そんな薬草は山ほどある。先人たちが色々な努力をしてくれた結果、薬として効果が認められた薬草も多いが、毒草として認められた薬草も多々ある。害のある薬草でそんなに簡単に人体実験するわけにもいかないので、摂取し続けるとどんな風に作用するのか謎の毒草も多い。

「そう、リリーベルはそんな最期だったのね」

義姉にあたるユーフェミアには、何一つ知らせていなかった。ソレイル子爵家はともかく、姉妹の仲が良さそうな感じはしなかったのでユーフェミアには、死んだということ以外は一切知らせていなかった。ユーフェミア本人も特に尋ねてこなかったので、そんなものだろうと思っていた。

「知らせてくれたところで複雑な気持ちにしかならなかったと思いますが」

リリーベルの損害賠償は全てソレイル子爵家で被り、子爵家は騒動のすぐ後には完全に崩壊した。

「私の父と母は典型的な政略結婚だったのよ。商才の塊のようだった曽祖父の後、祖父、父共に商才なしの太鼓判を押されていてね。そのくせ浪費だけは人一倍だったわ。愛情なんて持っていなかった夫婦は、私という娘が生まれた後に完全崩壊したそうよ。母が生きていた頃から父は愛人のもとに入り浸るようになって、母の死後、すぐに義母と義妹が家に入り込んできたの」

そこから先は、まるで醜悪な物語を見ているようだった。典型的な後妻と義妹は色々とやらかしまくっていたのだが、二人に甘い父はただただ容認していただけだった。ユーフェミアがどれだけ傷つけられようと、父は全く興味を示すこともなく動かなかった。動いてくれたのは、当時まだソレイル子爵家の権力を握っていた曽祖父だ。子供の頃に曽祖父に助けられて、彼が死ぬまで商人としての生き方を教えてくれた。

ソレイル子爵の表の資産は祖父と父に受け継がれたが、吉祥楼などの隠された資産はユーフェミアが受け継いだ。リリーベルの賠償金で子爵家は表の財産の全てを失い、一家は離散したので今でも父や親族が生きているのかどうかさえユーフェミアは知らない。調べようとも思わなかった。

「私は嫌われていたから、リリーベルには近寄りもしなかったわ。ただ、まぁ、裏表の激しい性格だっていうのは知っていたわね。表のあの子は可愛らしい顔で貴方の味方です、って言う子だったわ。あの子のすごいところは、相手に合わせて瞬時に物語を作って語れたことね。しゃべりながら次の物語を作って、相手に共感してみせて味方を増やす術はすごかったわ」

瞳を潤ませて共感してくれる美少女に誰もが落ちていた。その言葉の矛盾に気が付かないまま。

「リリーベルはね、自分で物語を作りながら、それを想像の中で自分が体験していたのよ。だからあの子の中では、全て自分が体験した出来事になっていてそこに何の矛盾もないの。よくよく聞けばものすごい矛盾だらけなのに、本人は自信を持って私も経験したことがありますって言えてたの」

「すごい妄想力ですね」

「ええ、でもあの子の中では嘘《うそ》は一切言っていないし、自分が体験したことだから妄想でもない。

現実は違うのに、あの子は自らが生み出した物語の中で生きていたわ。その辺りは、追いかけられていたリド様もよくご存じなのではないですか？」

リリーベルは、ジークフリードをずっと狙っていたし、事ある毎《ごと》に妄想が炸裂《さくれつ》していた。

「確かに、リリーベルはすごかったな。俺とアヤトがちょっと昔話をしていたら、すぐに自分もその場にいたというような趣旨の話をしていたのだが、そうか、そういう方法だったのか。外交官にでもなれば、舌先三寸で相手から有利になるように出来ただろうな」

リリーベルの言葉の数々を思い出したのか、ジークフリードもそこは素直に認めた。

「能力はあっても、あの子の性格では無理だったでしょうけどねぇ。あの子が好きだったのは、多くの男性に奪い合ってもらえる自分だったんですもの。どれだけ求められても最終的に選ぶのは自分。自己中心的な性格だったから、外交官になっていたらあちこちの国で問題しか起こさなかったと思いますわ」

「それは困るな。じゃあやはりあの時点で表舞台からの退場が一番良かったのか」

実際、もしリリーベルが他の国に行っていたら間違いなく問題しか起こさなかっただろう。他国どころか、あのままだったらもっと多くの人間を巻き込んでこの国に混乱を招いていたと思う。

「そうですね、あの時だって巻き込まれて亡くなった方は多かったですが、リド様を筆頭に生き残るべき人物は、全て生き残りましたから」

選別の銀の飴。

リリーベルに近い場所にいて、問答無用で巻き込まれてもちゃんと生き残れたのはあの飴の効果が大きい。何を思ったのかリリーベルは何度かユーフェミアに毒を盛ったことがあったが、悉《ことごと》く失敗していたらしかった。これは、その毒を作った張本人であるパメラの兄からパメラが直接聞いたことだったので、まず間違いないとのことだった。

「リリーベル自身は、薬の知識なんて持ってなかったと思うわ。使い方は熟知していたみたいだったけど」

「なら、誰がその知識を持っていたんですか？」

「そこが謎なのよ。いつの間にかリリーベルは知識を持っていて、それを基に多くの混乱をもたらしたの」

ユーフェミアの言葉に、ジークフリードとパメラはうんうんと頷いていた。

「そういえば、ちょっと思い出したんだけど、うちの兄、あ、うちの兄が基本的にリリーベルが持って来た原液から魅了の香水を調合していたんだけど、その兄が一度だけ、リリーベルにもっと詳しい作り方を聞いて来てほしい、って言ってたの。それってリリーベルも中間業者みたいな感じで、もっと別の黒幕がいるってことよね」

「いきなり情報量の多い事柄を暴露してくれたな。お前の兄が調合していたのか」

ジークフリードの言葉にパメラは苦笑で答えた。

「いつもやられっぱなしだったので、たまにはこういうのも良いじゃありませんか」

「やれやれ、まぁ今更だしな。しかし別の人物か」

今のところ、思い浮かぶような人物はいない。そもそもリリーベルに魅了の香水を使わせて何がしたかったのかが全く分からない。

「やりたかったからやってみたのでしょうか？　その、薬師たちはたまーにちょっと混ぜてみたかったからという理由でとんでもない薬草を混ぜ合わせて未知の薬を生み出すことがあるので、そんな感じでリリーベルさんに教えたんでしょうか？」

「なるほど、こっちがあまり難しく考えすぎている可能性もあるわけだ」

セレスの言葉にジークフリードは、そういう考え方もあるのかと頷いた。

どうも国王なんて職業をやっていると何でも理由付けしたがってしまうが、衝動的に何かをやる人物だっている。ジークフリード自身は色々と考えて動くタイプなのだが、一言「勘」とか言って走り出すタイプの者に理由を聞いたって首を傾げるだけだろう。

「リリーベルは絶対に何も考えてなかったわよ。目先の欲だけで動いてたわね。だって冷静に考えると何の教養もない人間が、王……じゃなくて、リド様のお兄様の隣に立てるわけないじゃない。大きな家の奥方ともなれば礼儀作法は絶対に必要なのに。確かリリーベルって教養マナーの講師の先生から呼び出しくらってたわよね」

パメラは学生時代の記憶を一生懸命浮上させていた。記憶に間違いがなければ、リリーベルは教養マナーの授業はまともに受けていなかったと思う。

当時の教養マナーの講師の先生は、外部から招いた方で厳格な女性だった。授業中は、学生の本分は勉強することであって色気付くことじゃない、という理由で香水やアクセサリーといった類いの物は禁止されていた。明言されていてもそういった物を付けてきた者は、問答無用で教室から退場させられていた。そしてリリーベルは常に退場組だった。おかげでまともな授業を受けられなかったリリーベルは、何度か講師の先生に呼び出しをくらったという話を聞いたことがあった。

「リリーベルでは、リド様の義理の姉になることは出来なかったでしょうね。本人がそう望んだとしても、さすがに周りが許さなかったと思うわ」

「だろうな。さすがにひよっこの学生たちと違って、あのじじい共はリリーベルの言葉に惑わされるなんてことはなかっただろうからな。むしろそれを逆手に取って、うまくリリーベルを利用するくらいはやる」

後から聞いた話だが、実際、リリーベル・ソレイルを使って隣国を混乱に陥れられないか検討したヤツがいたらしい。結論は、リリーベル・ソレイルを使ったら確実に各国から馬鹿にされるから止めた方が良い、だったそうだ。リリーベルが国のために何かするとかも出来なそうだったので、検討だけで実行はされなかった。

「セレスが作った香水は、幻月の花を使った物だったな。今更だが十年前に王都に幻月の花が持ち込まれていたかどうか、少し調べてみよう。追い切れないかもしれないがな」

あの村で作られていた幻月の花はティターニア公爵家で管理されているので、十年前ならまだ記録は残っているだろう。自然に生えている物となると冒険者ギルドに依頼があったかどうかになるが、さすがに記録が残っているかは難しいかもしれない。

「ジークさんはリリーベルさんの周りに黒い霧みたいなのが見えたんですよね？　ユーフェさんとパメラさんは見たことありますか？」

「黒い霧みたいなもの？　リド様、そんなのが見えていたんですか？　うーん、残念ながら私は見たことはないわね」

「私もないわねぇ。そんな話も聞いたことないし。リド様にだけ見えていたってことは、リド様の特殊能力？」

そう言えばさっき神殿で出会った白昼夢のシスターは、ジークフリードは太陽神の流れを持つ人だと言っていた。あの女性の言っていたことが真実なら、浄化を司《つかさど》り穢《けが》れを嫌う太陽神の血が反応していたのかもしれない。

「俺の特殊能力だとしても、あれ以来そんなものを見たことはないから、リリーベルがよっぽどだったんだろうな」

聞いているだけでリリーベル・ソレイルという人物が色々な意味で規格外な人だったということが分かってきた。

「ちょっと会ってみたかったかも」

セレスがそう言うと、三人とも少し嫌そうな顔をした。

「止めておけ。セレスが会っても何の得にもならん」

「そうよ、お嬢ちゃん。お嬢ちゃんは、あんなのに関わってはいけません」

「そうそう、セレスちゃんの性格が歪《ゆが》んだら困るから止めておきなさい」

三人から、揃《そろ》って否定された。

「とはいえ、セレスちゃんの大切な人を奪《と》ろうとしてもリド様なら絶対大丈夫だから、悔しがるリリーベルは見てみたかったかも」

おほほほほ、と笑うパメラがこの中で一番悪役が似合いそうだった。

◆

ミリーに何度か薬湯蒸し風呂に入ってもらったら、赤い斑点は徐々に薄くなっていった。

「久しぶりにさっぱり出来たし、こうして斑点も少なくなったしで、蒸し風呂は最高ね」

薄くなるのと同時に痛みも引いてきたので、ミリーはすっかり蒸し風呂を気に入ったようだった。

ミリーが治り始めて来たので、他の女性たちも順番に蒸し風呂に入ってもらっているが、今のところ何のトラブルも起きてはいないので、セレスはほっとしていた。

薬に関しては異世界よりもこちらの方が自然に生えている薬草を使う分、自然発生する病気との相性がいいのかもしれない。

「順調に回復していってるわね。他の子たちも良くなってきているから、赤水病には薬湯蒸し風呂を使った治療法でいいわね」

レイナは、毎日蒸し風呂に入った人の治り具合を確かめていた。今回はうまくいったが、全部の病に効くわけではないので注意が必要だ。今回のことをレポートにまとめて上に提出しておこう。

他の場所でも試してみて効果が出てきたら、新しい治療法として確立されるだろう。

ジークフリードは、テントを作りに来た日からずっと吉祥楼に居座っていた。当初は「良い男が来たー！」と病を押して騒いでいた女性陣だったが、さすがに毎日だと見慣れたのかもはや騒ぐ人間はいない。

それに何よりジークフリードが見ているのはセレスだというのがすぐに分かったので、「売約済み」という認識がされた。

むしろお姉さんたちはセレスのあまりの無防備さと鈍さに、ジークフリードを応援することで一致団結し、セレスが少しでも恋心というものを持ってくれるようにあの手この手で二人をくっつけようとしていた。

「貴女たち、暇なの？」

ユーフェミアに呆れたように言われたが、お姉さんたちは「暇なんですぅ」と笑い合っていた。

「誰か一人でもあの方を奪ろうとは思わないの？」

一目で上質な男性と分かるジークフリードを奪ろうという気概を持つ人間はいなかったのだろう

か。

ジークフリードにはセレスがいると分かってはいるが、これでも百戦錬磨の女性たちだ。一人くらいはお子様より大人の女性、とか言って挑戦する者がいてもおかしくはないと思っていたのだが。

「絶対無理ですよ。あの方、セレスちゃんしか見てないんですもの。一応、病気が治ったら遊びに来ませんか？ と誘った勇者はいましたが、微笑んでるのに死ぬほど冷たい目をしながら断られて終了してました」

「やったんだ」

ちゃんと挑戦はしていたようだ。が、ジークフリードの方が歯牙にもかけていない。セレスの前でそんな目をしたこともないだろうから、挑戦者はある意味、貴重なジークフリードを見たとも言える。

「やってました。どう足掻《あが》いたところで無理だし、ということで、お詫《わ》びも兼ねて皆でセレスちゃんとくっつけようとしたら、ものすごく優しい方になりました」

あの豹変《ひょうへん》具合も格好良いと言って人気は上々だ。でも手を出すと間違いなく大けがをするので、全員が見守るだけの状態になっている。

「あの方は、セレスちゃんと一緒にいるのを遠くから眺めてるくらいがちょうど良い方ですよ」

「やーねー、皆本当に見る目があるわ」

「当たり前ですよぉ。お客様はちゃんと見極めないと」

ねぇ、とくすくす笑う女性たちは、店のオーナーであるユーフェミアから見ても頼もしい女性たちだった。

お姉さんたちにそんな風に想《おも》われているなんて一切知らないセレスは、今日も薬を作っていた。すぐ傍で、手出し無用の見てるだけがちょうど良い男であるジークフリードが見守っていた。

「セレス、今度は何の薬を作っているんだ？」

毎日薬湯用の薬を作っていたセレスだったが、今作っているのはいつもの物とは匂いが違う気がしてジークフリードが聞いた。

「これですか？　これは健康な人用の薬湯です。お肌に潤いを与えてくれる薬草と、くつろげるような匂いの物を入れてあります」

「セレスが使うのか？」

「はい。せっかく蒸し風呂、というか蒸しテントですが、出来たので入りたいんです。どうせ入るのなら身体《からだ》と心がくつろげる物をと思って」

健康な人はアロマテラピーみたいな感じで蒸し風呂を堪能してほしい。

「ふーん、いいな、それ」

「ジークさんも入りたいですか？」

「そうだな。入りたいな」

お風呂とはまた違った気持ち良さがあると聞いている。さすがの王都でも、誰もが気軽に蒸し風呂に入れる場所なんてない。探すよりも作ってしまった方が手っ取り早い。

「俺が持っている王都内の土地で古い屋敷だけが残っている場所があるから、そこに蒸し風呂屋でも作るか」

若い頃に祖父から貰った場所で、使うなら屋敷も改修しなくてはいけないしどうしようか、と思っていたところだ。ちょうど良いから蒸し風呂屋を作ろう。蒸し風呂以外にも、薬湯風呂などを作ればそれなりに話題になって繁盛しそうな気がする。温泉に入るにはどうしても王都から出なければならないので、ちょっとした旅行になってしまう。王都内にこうした薬湯施設があれば、誰もが気軽に気分転換が出来るというものだ。

為政者としても民を喜ばせることが仕事の一つなので、国政としてはやらないが個人的に作る分には問題ない。運営は誰かに任せることになるが、上手くいけばそれなりの収益も出るだろう。

「平時は普通の蒸し風呂屋で、こういう時には病人に使用してもらえばいい。蒸し風呂だけではなくて、セレスが今作っているような美容のための薬湯風呂とかも作ろう」

ジークフリードの語るそれは、異世界の知識で言うところのスパリゾート的なもので良いのだろうか。確かに王都にそういった場所はないし、出来上がったら話題になって商売としても成り立ちそうだ。

「ジークさんが経営なさるのですか？」

「現場は他の誰かに任せることになるが、俺の趣味のような店になるかな」

国王の地位の譲位が済んだら時間に余裕が出来るはずなので、多少は口出しはするかもしれないが、運営そのものは信頼出来る誰かに頼るつもりでいる。

「そうだなぁ、マリウス辺りに任せてみるかな。あいつなら面白い発想で思いもよらない方向にいきそうだ」

それも今までにない変わった商売だと教えてやれば、商人魂を炸裂させてくれるだろう。

蒸し風呂はセレスが興味があるようなのでぜひとも作りたい。ジークフリードは直接、蒸し風呂上がりの女性たちを見たことはないが、心地好《よ》かった、もっと入りたい、という話は聞いているので、女性たちの支持が得られている以上、流行にはなるだろう。

「セレスにも協力してほしい。薬師ギルドを通じて正式に依頼を出すから、その時はセレスの好きな薬湯を作ってくれ」

「いいんですか？　色々と試してみたい組み合わせがあるんですが」

「害がなければいいよ。匂いだって好みは人それぞれだ。何種類か用意して、自分の好きな匂いの薬湯に入ってくつろげるようにしておけばいいさ」

「はい、ありがとうございます」

普通の薬師とはちょっとかけ離れていっている気がしないでもないのだが、心を癒やすのも薬師の役目だ。病気を治す薬を作るだけが薬師の仕事ではない。

「さて、ならさっさと花街の封鎖が解けるように頑張るか」

「はい」

ほとんど赤水病は終息してきているので、明日にでも封鎖を解く方向で話をしているとユーフェミアが言っていた。ただ、それには当然だが、吉祥楼に集められた患者たちが治ったという前提が必要になるので、セレスは今日の分の薬湯を作り始めたのだった。

◆

「姉様ー！」

花街の封鎖が解かれた瞬間に勢いよく走って来てセレスに抱きついたのはディーンだった。

「姉様、姉様、心配しましたよ。声だけしか聞けなくて姿が見えないのはずっと悲しかったです。僕がいない時に何で行っちゃったんだってずっと思ってました！」

ディーンは、思いっきりセレスに抱きついて安定のシスコンぶりを見せつけてくれた。

その向こうで、大人組がさすがに抱きつくまではしなかったがいちゃついていた。

「ユーフェ、銀の飴を食べているから大丈夫だとは思っていたけど、元気そうでよかったよ」

「あ、ありがとう」

まだアヤトのそんな態度に慣れない。端から見れば甘々な雰囲気を醸し出しているのに、ユーフェミアだけがぎこちなさを感じていた。

「心配かけた分、私の屋敷に滞在してほしい」

優しい声で言っているがそれは一生だろうか。多分間違いない。セレスと違って大人なユーフェミアには、その意味が十分すぎるほど伝わってきた。

「ダメですよ、アヤト様。こっちが落ち着くまでユーフェは返してください」

「……仕方ないな」

パメラにダメだと言われておとなしくアヤトは引き下がった。あまりしつこくしては、逃げ出されてしまう。本当はすぐにでも結婚したいのだが、ユーフェミアは今のところアヤトの恋人になっただけでいっぱいいっぱいだ。

「リドも無事で良かったよ」

代わりに近くにいたジークフリードに話しかけた。

「なおざりだな」

「まさか、封鎖された花街の中に入っていくなんて思ってもみなかったから。どうやって許可を取ったの？」

「普通に話し合っただけだ」

アヤトだって入りたかったのだが、じーさんたちに「薬師ギルドの長が入ってくんな。エライ奴《やつ》は外にいろ」と言われて許可が下りなかった。なのにこの国で一番エライ人が現場に入っていた。

正確にはマリウスも入ってきていたが、あれは商人という、ある意味裏ルートだ。

「後日、正式に書類を渡すが、俺の個人的な資産から商売を始めようと思ってる」

「はいはい。楽しそうで何よりだよ」

国王業をやっている時よりよほど楽しそうにしている。この様子だと引き継ぎも整理も順調にいっていそうだ。可哀想《かわいそう》なのは、王位を譲られるまでもうちょっと余裕があると思っていた王太子だろうか。

「早くセレスの傍にいたいな」

仲良くじゃれあっている姉弟の姿を見ながら呟《つぶや》いたジークフリードの気持ちも分かるので、アヤトも「そうだね」と言って頷いた。

姉に散々抱きついて満足したディーンは、ちらっとアヤトとすぐ傍にいる黒髪の男性を見た。

姉からその名前を聞いた時に、そうだろうな、と思ってはいたのだが、改めて彼の人を見てため息をつきそうになった。

本当に、どうしてよりにもよってあの方なのか。セレスが逃れられる気がしない。

「あの、姉様、あの方は？」

一応、念のため、本当は聞きたくもないけれど、姉に彼《か》の方のことを聞いてみた。

「あの方がジークフリードさんよ。前に言ったでしょう？　師匠のお友達の方。心配して来てくださったの」

「ソウデスカ」

姉が嬉《うれ》しそうに笑っている。それは大変可愛らしくて良いのだが、ジークフリードさんのための笑顔かと思うとちょっとムカつくのは何故だろう。

「姉様、僕、ご挨拶してきます」

セレスにそう言うとディーンはジークフリードのもとへと向かった。

「あ、ディ」

セレスもディーンの後を追って、ジークフリードとアヤトがいる場所へとやって来た。

「ジークフリード様ですね？　初めまして、僕は姉様の弟でディーンと申します。姉様がお世話になっております。いつも僕が姉様と一緒にいたのですが、今回は僕がいなかったので姉様のことを見ていてくださったんですよね。お礼を申し上げます」

ペコリと頭を下げた少年の笑顔が何故か怖い。

「ああ、君がディーンくんか。セレスが可愛がっているという弟くん。セレスの世話なら喜んでやるから心配しなくていいんだよ。俺自身がやりたかったんだ」

外用笑顔を張り付けたジークフリードも何だか怖い。

ディーンとジークフリードの間に火花が散っているイメージが浮かぶのは自分だけだろうかとアヤトはそっと横を向いた。

アヤトが向いた先では、ユーフェミアとパメラがこそこそと会話をしていた。

「アレって、確実に弟くんはリド様のことを知ってるわよね？」

「そうね、その上で姉様の一番は自分だ、って牽制《けんせい》してる感じかしら」

「リド様は、弟くんに手を引けって言ってるわ」

「弟くんは、姉様は絶対に渡さないっていう態度ね」

あの二人にも完全にそう見えるようだ。アヤトの目に映る光景の解釈とほぼほぼ一緒なのでやっぱりそう言っていると思って間違いないのだろう。

「私ってばそんなに頼りなく見えるんでしょうか……？」

世話を焼かれているセレスが素直に解釈して落ち込んだ。残念なことにあながち間違いじゃない。

「あー、見えるね。実際、すぐに道を間違えたりとかするから、ずっと一緒に育ってきたディくんは、頼りない姉を支える弟という強い気持ちを持ってるんだよ」

弟という特権をフル活用して姉に甘えまくっているが、ディーンはちゃんとやるべきことはやっている。必要ならばセレスに隠れてこそっとやることも厭《いと》わない。

「うう、ディにはいつも迷惑ばかりかけてしまって、申し訳ないです」

セレスもディーンに甘えっぱなしという自覚はあったのだが、改めて言われると申し訳ない気持ちでいっぱいになった。

「謝らないでくださいね、姉様。姉様のお世話をするのは、もう僕の趣味みたいなものですから」

セレスの言葉が聞こえたのか、ディーンがすぐに返答をしてきた。だが姉としては、弟に趣味が姉の世話ですと言わせてしまっているのだが大丈夫だろうか。

「二人とも、セレスが落ちこみかけてるからそこまで」

　このままだと最終的にセレスがダメージを受けて終わるような気がしたので、アヤトは二人を止めた。

「セレス、リドもディくんも世話焼きさんだから、ここは一つ、思いっきり世話されるといいよ」

「ほどほどにお願いしたいと思います」

　おかんが二人に増えた気がする。

「セレス、ディーンくんは身内だからお母さん役かもしれないが、俺は君のお母さんになるつもりはないよ」

　セレスの考えを読んだジークフリードの言葉に、セレス以外の全員が「そりゃそうでしょーよ」と同時に思った。普段のセレスのことも知っているディーンは、少しだけジークフリードに同情しそうになった。

　なんかうちの姉が鈍くてすみません、と謝り倒したい気分だ。

「さすがにちょっと同情したくなりました」

「俺の方もまだ当分、片付けが残っているからな。しばらくは曖昧な関係で構わない」

　ジークフリードとディーンは、一時休戦をしたのだった。

◆

久しぶりに帰ってこられた我が家は、やっぱり落ち着く。

ジークフリードはこれから仕事だと言って帰って行き、アヤトはパメラにダメだと言われたのにそっとユーフェミアと一緒に帰ろうとして怒られていた。ただ、ユーフェミアに怒られていてもどこか嬉しそうな顔をしていたので、あれはただユーフェミアに構ってほしかっただけだと思っている。隣でパメラが同じことを思ったのか、すごく遠くを見ながらセレスにだけ聞こえるように「いい？　セレスちゃん。色々こじらせると最終的にああなるわよ」と言っていた。

ジークフリードの迎えに来ていたのはマリウスだった。何でも師匠の弟さんに、納品ついでにジークフリードを拾って連れて来てほしいと頼まれたそうだ。兄弟揃って人を扱《こ》き使うよな、とぼやきながらジークフリードを拾っていった。

拾われていったジークフリードは、しばらくの間、仕事浸《づ》けになるらしく、こちらには来られないと言っていた。その時セレスは見ていなかったが、ディーンが勝ち誇ったかのような顔をしていたらしい。

もちろんセレスはガーデンに帰ったし、当然、ディーンもセレスと一緒に帰って来た。

ずっといた吉祥楼は、何というか親戚の家くらいの近さにはなったが、一番くつろげるのはやはりここだ。

「姉様がいない間も植物の世話をしておきました」

ディーンが自慢気に言ってきたので、セレスはご褒美としてディーンの頭を撫《な》でてあげた。この子は昔っからセレスがこうやって褒めるのを待っているのだ。さすがにもう頭を撫でるのは止めようと思った時もあったが、ディーンがいつも嬉しそうなので、止めるに止められなくなってしまった。下手したらこのまま一生、褒める時は頭を撫で続けなくてはいけないのだろうか。

「姉様、お疲れ様でした」

そう言って、今度はディーンがセレスの頭を撫でてくれた。

「ふふ、ありがとう」

あのタイミングで花街に行ったのは偶然だったとはいえ、セレスは薬師なのだ。目の前で病が発生した以上、放っておくわけにはいかなかった。

「あのね、花街のお医者様でレイナさんという方と知り合いになったの」

「レイナさんですか。どのような方なんですか?」

「お医者様として、花街に寄り添っている方なの。憧れの方がまた一人増えちゃった」

ユーフェミアの芯のある優しさやパメラの周囲に対する気遣いのすごさを見習いたいと思っているのだが、薬師としてレイナみたいに患者一人一人に寄り添う姿にも憧れる。

「この際、良いとこ取りでいいんじゃないでしょうか。しかし姉様の周りには、憧れる女性が多くなってきましたね」

「そうね。後、吉祥楼のミリーさんやジュジュさんも憧れなんだよね。スタイルが、じゃないわよ。

二人とも、一時期は相当熱や痛みが出て辛《つら》かったと思うんだけど、いつもにこやかにしていてすごく聞き上手なの」

セレスが上手く言えないようなこともすごく分かりやすいたとえ話にしたり、言葉を誘導してくれたりするので大変助かった。

「そう言えば姉様、月の神殿には行って来たのですか?」

「ええ、そうしたら不思議なシスターに好きに生きていいのよって言われたの」

セレスはディーンに月の神殿で出会ったシスターについて語った。

「そうですか。うーん、姉様のお話だけ聞いていると、その方は歴代の雪月花の内の誰か、という感じがしますね。誰であれ、お墨付きを頂いたんです。姉様、よかったですね」

「うん。ディ、私きっとこれからも貴方に甘えちゃうかも」

「いくらでも甘えてください。僕は家族なんですから、真っ先に甘えてくださいね」

ジークフリードの顔を思い浮かべながら、ディーンは心の中で勝ち誇っていた。

◆

執務室でその国王は難しい顔で仕事をしていた。ジークフリードによく似ているが、その雰囲気は全く違い、冷たさだけが漂っていた。つい先日、ようやくあの薬を作り出した犯人を見つけて粛正したというのに気分は晴れない。

理由は分かっている。

何をやったとしても彼女は戻って来ない。もう二度とその姿を見ることは出来ないのだ。

コンコン、とノック音が響いたので入室の許可を出すと、黒い髪の男性が入って来た。

昔はずっと傍に付いていた男だ。だが、今はこの男の顔を見るのは嫌だった。

「何の用だ？」

「突然申し訳ございません。ですが、これを陛下に渡してほしいと頼まれました」

差し出されたのは美しい青色のペンダント。

三日月の装飾が施されたそれは、彼女へ贈った物だった。

「……なぜだ？」

「娘が、これは陛下が持つ物だ、と。いつか貴方からお返しください、と言っていました」

あまり物を持たなかった彼女に関わる数少ない品物。元はと言えば自分が贈った品物だ。この何とも言えない黒猫のペンダントトップがまるで彼女のようだと思って買い求めた一品だった。

「……エレノア……」

最愛の女性の名を王は呟いたのだった。

あとがき

この度は『侯爵家の次女は姿を隠す』の二巻を手に取っていただき、ありがとうございました。

一巻が出ただけでも感無量だったのに、こうして二巻が出せたのも皆様のおかげです。

本当に出てるのかなー、と思いつつ一巻の発売日にはちょっとドキドキしながら本屋に行き、並んでいるのを見て感動しました。二巻の発売日もそっと見に行きたいと思っています。

今回もWEB版に加筆させていただきましたが、執筆中にエアコンが壊れた結果、にゃんこが涼しい場所に避難して一切邪魔が入りませんでした。それはそれで寂しかったです……。

さすがにこの本が発売される頃には涼しくなっているとは思いますが、今年の暑さは厳しかったですね。文明の利器の有難さが身に染みました。

今回も素敵な絵を描いてくださったイラストレーターのコユコムさん、ありがとうございました。

アヤトとユーフェミアさんのあのシーンをイラストで見たいです、って担当さんに言って良かったー。念願が叶《かな》いました。今のところ作中で唯一両想いになった二人なので、セットで見られて嬉《うれ》しかったです。

そしていつも読んでくださっている皆様、ありがとうございました。

「小説家になろう」の方でいただいた感想など、有難く読ませていただいています。

色々とやりとりしてくれた担当さん、小説より漫画派だったのにいつの間にか読んでくれていたKさん、姉妹で買ってくれた幼馴染《おさななじみ》のY、読者の皆様、癒やし担当わんこ&にゃんこ、関わってくださった全ての皆様、ありがとうございました。

中村《なかむら》猫《ねこ》

OVERLAP NOVELS f

侯爵家の次女は姿を隠す 2
～家族に忘れられた元令嬢は、薬師となってスローライフを謳歌する～

発行 2023年10月25日 初版第一刷発行

著者 中村 猫

イラスト コユコム

発行者 永田勝治

発行所 株式会社オーバーラップ
〒141-0031 東京都品川区西五反田8-1-5

校正・DTP 株式会社鷗来堂

印刷・製本 大日本印刷株式会社

ISBN 978-4-8240-0612-7 C0093

【オーバーラップ カスタマーサポート】
電話 03-6219-0850
受付時間 10時～18時（土日祝日をのぞく）

作品のご感想、ファンレターをお待ちしています

あて先：〒141-0031 東京都品川区西五反田8-1-5 五反田光和ビル4階 ライトノベル編集部
「中村 猫」先生係／「コユコム」先生係

スマホ、PCからWEBアンケートにご協力ください

アンケートにご協力いただいた方には、下記スペシャルコンテンツをプレゼントします。
★本書イラストの「無料壁紙」 ★毎月10名様に抽選で「図書カード（1000円分）」

公式HPもしくは左記の二次元バーコードまたはURLよりアクセスしてください。
▶ **https://over-lap.co.jp/824006127**
※スマートフォンとPCからのアクセスにのみ対応しております。
※サイトへのアクセスや登録時に発生する通信費等はご負担ください。

オーバーラップノベルスf公式HP ▶ **https://over-lap.co.jp/lnv/**